Gustavo Adolfo Bécquer

EL MONTE DE LAS ÁNIMAS
Y OTRAS LEYENDAS

CON LETRA GRANDE
LITERATURA SIN BARRERAS

ISBN: 978-84-127089-8-1
Depósito legal: M-3081-2024

Editado por Ediciones Letra Grande
www.librosenletragrande.com

Índice

El monte de las Ánimas

La noche de difuntos me despertó, a no sé qué hora, el doble de las campanas; su tañido monótono y eterno me trajo a las mientes esta tradición que oí hace poco en Soria.

Intenté dormir de nuevo; ¡imposible! Una vez aguijoneada, la imaginación es un caballo que se desboca, y al que no sirve tirarle de la rienda. Por pasar el rato, me decidí a escribirla, como, en efecto, lo hice.

Yo no la oí en el mismo lugar en que acaeció, y la he escrito volviendo algunas veces la cabeza, con miedo cuando sentía crujir los cristales de mi balcón, estremecidos por el aire frío de la noche.

Sea de ello lo que quiera, *ahí va*, como el caballo de copas.

—I—

—Atad los perros; haced la señal con las trompas para que se reúnan los cazadores, y demos la vuelta a la ciudad. La noche se acerca, es día de Todos los Santos y estamos en el Monte de las Ánimas.

—¡Tan pronto!

—A ser otro día no dejara yo de concluir con ese rebaño de lobos que las nieves del Moncayo han arrojado de sus madrigueras; pero hoy es imposible. Dentro de poco sonará la oración en los templarios, y las ánimas de los difuntos comenzarán a tañer su campana en la capilla del monte.

—¡En esa capilla ruinosa! ¡Bah! ¿Quieres asustarme?

—No, hermosa prima; tú ignoras cuanto sucede en este país, porque aún no hace un año que has venido a él desde muy lejos. Refrena tu yegua; yo también pondré la mía al paso, y mientras dure el camino te contaré la historia.

Los pajes se reunieron en alegres y bulliciosos grupos; los condes de Borges y de Alcudiel montaron en sus magníficos caballos, y todos juntos siguieron a sus hijos Beatriz y Alonso, que precedían la comitiva a bastante distancia.

Mientras duraba el camino, Alonso narró en estos términos la prometida historia:

«Ese monte que hoy llaman de las Ánimas pertenecía a los templarios, cuyo convento ves allí, a la margen del río. Los templarios eran guerreros y religiosos a la vez. Conquistada Soria a los árabes, el rey los hizo venir de lejanas tierras para defender la ciudad por la parte del puente, haciendo en ello notable agravio a sus nobles de Castilla, que así hubieran sabido solos defenderla como solos la conquistaron.

»Entre los caballeros de la nueva y poderosa orden y los hidalgos de la ciudad fermentó por algunos años, y estalló al fin, un odio profundo. Los primeros tenían acotado ese monte, donde reservaban caza abundante para satisfacer sus necesidades y contribuir a sus placeres; los segundos determinaron organizar una gran batida en el coto, a pesar de las severas prohibiciones de los *clérigos con espuelas*, como llamaban a sus enemigos.

»Cundió la voz del reto, y nada fue parte a detener a los unos en su manía de cazar y a los otros en su empeño de estorbarlo. La proyectada expedición se llevó a cabo. No se acordaron de ella las fieras; antes la tendrían presente tantas madres como arrastraron sendos lutos por sus hijos. Aquello no fue una cacería, fue una batalla espantosa: el monte quedó sembrado de cadáveres; los lobos, a quienes se quiso exterminar, tuvieron un sangriento festín. Por último, intervino la autoridad del rey; el monte, maldita ocasión de tantas desgracias, se declaró abandonado, y la capilla de los religiosos, situada en el mismo monte, y en cuyo atrio se enterraron juntos amigos y enemigos, comenzó a arruinarse.

»Desde entonces dicen que, cuando llega la noche de Difuntos, se oye doblar sola la campana de la capilla, y que las ánimas de los muertos, envueltas en jirones de sus sudarios, corren como en una cacería fantástica por entre las breñas y los zarzales. Los ciervos braman espantados, los lobos aúllan, las culebras dan horrorosos silbidos, y al otro día se han visto impresas en la nieve las huellas de los descarnados pies de los esqueletos. Por eso en Soria le llamamos el Monte de las Ánimas, y por eso he querido salir de él antes que cierre la noche».

La relación de Alonso concluyó justamente cuando los dos jóvenes llegaban al extremo del puente que da paso a la ciudad por aquel lado. Allí esperaron al resto de la comitiva, la cual, después de incorporársele los dos jinetes, se perdió por entre las estrechas y oscuras calles de Soria.

— II —

Los servidores acababan de levantar los manteles; la alta chimenea gótica del palacio de los condes de Alcudiel despedía un vivo resplandor, iluminando algunos grupos de damas y caballeros que alrededor de la lumbre conversaban familiarmente, y el viento azotaba los emplomados vidrios de las ojivas del salón.

Solas, dos personas parecían ajenas a la conversación general: Beatriz y Alonso. Beatriz seguía con los ojos, absortos en un vago pensamiento, los caprichos de la llama. Alonso miraba el reflejo de la hoguera chispear en las azules pupilas de Beatriz.

Ambos guardaban hacía rato un profundo silencio.

Las dueñas referían, a propósito de la noche de Difuntos, cuentos tenebrosos en que los espectros y los aparecidos representaban el principal papel, y las campanas de las iglesias de Soria doblaban a lo lejos con un tañido monótono y triste.

—Hermosa prima —exclamó al fin Alonso rompiendo el largo silencio en que se encontraban—: pronto vamos a separarnos, tal vez para siempre; las áridas llanuras de Castilla, sus costumbres toscas y guerreras, sus hábitos sencillos y patriarcales sé que no te gustan; te he oído suspirar varias veces, acaso por algún galán de tu lejano señorío.

Beatriz hizo un gesto de fría indiferencia; todo su carácter de mujer se reveló en aquella desdeñosa contracción de sus delgados labios.

—Tal vez por la pompa de la corte francesa, donde hasta aquí has vivido —se apresuró a añadir el joven—. De un modo o de otro, presiento que no tardaré en perderte... Al separarnos, quisiera que llevases una memoria mía... ¿Te acuerdas cuando fuimos al templo a dar gracias a Dios por haberte devuelto la salud que viniste a buscar a esta tierra? El joyel que sujetaba la pluma de mi gorra cautivó tu atención. ¡Qué hermoso estaría sujetando un velo sobre tu oscura cabellera! Ya ha prendido el de una desposada: mi padre se lo regaló a la que me dio el ser, y ella lo llevó al altar... ¿Lo quieres?

—No sé en el tuyo —contestó la hermosa—, pero en mi país, una prenda recibida compromete la voluntad. Solo en un día de ceremonia debe aceptarse un presente de manos de un deudo..., que aún puede ir a Roma sin volver con las manos vacías.

El acento helado con que Beatriz pronunció estas palabras turbó un momento al joven, que después de serenarse dijo con tristeza:

—Lo sé prima; pero hoy se celebran Todos los Santos, y el tuyo entre todos; hoy es día de ceremonias y presentes. ¿Quieres aceptar el mío?

Beatriz se mordió ligeramente los labios y extendió la mano para tomar la joya, sin añadir una palabra.

Los dos jóvenes volvieron a quedarse en silencio, y volviose a oír la cascada voz de las viejas que hablaban de brujas y de trasgos, y el zumbido del aire que hacía crujir los vidrios de las ojivas, y el triste y monótono doblar de las campanas.

Al cabo de algunos minutos, el interrumpido diálogo tornó a anudarse de este modo:

—Y antes de que concluya el día de Todos los Santos, en que así como el tuyo se celebra el mío, y puedes, sin atar tu voluntad, dejarme un recuerdo, ¿no lo harás? —dijo él, clavando una mirada en la de su prima, que brilló como un relámpago, iluminada por un pensamiento diabólico.

—¿Por qué no? —exclamó esta, llevándose la mano al hombro derecho como para buscar alguna cosa entre los pliegues de su ancha manga de terciopelo bordado de oro... Después, con una infantil expresión de sentimiento, añadió:

—¿Te acuerdas de la banda azul que llevé hoy a la cacería, y que por no sé qué emblema de su color me dijiste que era la divisa de tu alma?

—Sí.

—Pues... ¡se ha perdido! Se ha perdido, y pensaba dejártela como un recuerdo.

—¡Se ha perdido! ¿Y dónde? —preguntó Alonso, incorporándose de su asiento y con una indescriptible expresión de temor y esperanza.

—No sé...; en el monte acaso.

—¡En el monte de las Ánimas —murmuró palideciendo y dejándose caer sobre el sitial—, ¡en el monte de las Ánimas!

Luego prosiguió con voz entrecortada y sorda:

—Tú lo sabes, porque lo habrás oído mil veces; en la ciudad, en toda Castilla me llaman el rey de los cazadores. No habiendo aún podido probar mis fuerzas en los combates, como mis ascendientes, he llevado a esta diversión imagen de la guerra todos los bríos de mi juventud, todo el ardor hereditario en mi raza. La alfombra que pisan tus pies son despojos de fieras que he muerto por mi mano. Yo conozco sus guaridas y sus costumbres; y he combatido con ellas de día y de noche, a pie y a caballo, solo y en batida, y nadie dirá que me ha visto huir el peligro en ninguna ocasión. Otra noche volaría por esa banda, y volaría gozoso como a una fiesta; esta noche..., esta noche, ¿a qué ocultarlo?, tengo miedo. ¿Oyes? Las campanas doblan, la oración ha sonado en San Juan del Duero, las ánimas del monte comenzarán ahora a levantar sus amarillentos cráneos de entre las malezas que cubren sus fosas...; ¡las ánimas!, cuya sola vista puede helar de horror la sangre del más valiente, tornar sus cabellos blancos o arrebatarle en el torbellino de su fantástica carrera como una hoja que arrastra el viento, sin que se sepa adónde.

Mientras el joven hablaba, una sonrisa imperceptible se dibujó en los labios de Beatriz, que cuando hubo concluido exclamó, con un tono indiferente y mientras atizaba el fuego del hogar, donde saltaba y crujía la leña arrojando chispas de mil colores:

—¡Oh! Eso de ningún modo. ¡Qué locura! ¡Ir ahora al monte por semejante friolera! ¡Una noche tan oscura, noche de Difuntos, y cuajado el camino de lobos!

Al decir esta última frase, la recargó de un modo tan especial, que Alonso no pudo menos de comprender toda su amarga ironía; movido como por un resorte, se puso de pie, se pasó la mano por la frente, como para arrancarse el miedo que estaba en su cabeza, y no en su corazón, y con voz firme exclamó, dirigiéndose a la hermosa, que estaba aún inclinada sobre el hogar entreteniéndose en revolver el fuego:

—¡Adiós Beatriz, adiós! Hasta... pronto.

—¡Alonso, Alonso! —dijo esta, volviéndose con rapidez; pero cuando quiso, o aparentó querer, detenerle, el joven había desaparecido.

A los pocos minutos se oyó el rumor de un caballo que se alejaba al galope. La hermosa, con una radiante expresión de orgullo satisfecho, que coloreó sus mejillas, prestó atento oído a aquel rumor, que se debilitaba, que se perdía, que se desvaneció por último.

Las viejas, en tanto, continuaban en sus cuentos de ánimas aparecidas; el aire zumbaba en los vidrios del balcón, y las campanas de la ciudad doblaban a lo lejos.

— III —

Había pasado una hora, dos, tres; la media roche estaba a punto de sonar, y Beatriz se retiró a su oratorio. Alonso no volvía, no volvía, cuando en menos de una hora pudiera haberlo hecho.

—¡Habrá tenido miedo! —exclamó la joven cerrando su libro de oraciones y encaminándose a su lecho, después de haber intentado inútilmente murmurar algunos de los rezos que la iglesia consagra en el día de Difuntos a los que ya no existen.

Después de haber apagado la lámpara y cruzado las dobles cortinas de seda, se durmió; se durmió con un sueño inquieto, ligero, nervioso.

Las doce sonaron en el reloj del Postigo. Beatriz oyó entre sueños las vibraciones de la campana, lentas, sordas, tristísimas, y entreabrió los ojos. Creía haber oído, a par de ellas, pronunciar su nombre; pero lejos, muy lejos, y por una voz apagada y doliente. El viento gemía en los vidrios de la ventana.

—Será el viento —dijo; y poniéndose la mano sobre el corazón procuró tranquilizarse. Pero su corazón latía cada vez con más violencia. Las puertas de alerce del oratorio habían crujido sobre sus goznes, con un chirrido agudo prolongado y estridente.

Primero unas y luego las otras más cercanas, todas las puertas que daban paso a su habitación iban sonando por su orden; estas con un ruido sordo y suave; aquellas con un lamento largo y crispador. Después, silencio; un silencio lleno de rumores extraños, el silencio de la medianoche, con un murmullo monótono de agua distante; lejanos ladridos de perros, voces confusas, palabras ininteligibles; ecos de pasos que van y vienen, crujir de ropas que se arrastran, suspiros que se ahogan, respiraciones fatigosas que casi no se sienten, estremecimientos involuntarios que anuncian la presencia de algo que no se ve y cuya aproximación se nota, no obstante, en la oscuridad.

Beatriz, inmóvil, temblorosa, adelantó la cabeza fuera de las cortinillas y escuchó un momento. Oía mil ruidos diversos; se pasaba la mano por la frente, tornaba a escuchar; nada, silencio.

Veía, con esa fosforescencia de la pupila en las crisis nerviosas, como bultos que se movían en todas direcciones; y cuando, dilatándose, las fijaba en un punto, nada; oscuridad, las sombras impenetrables.

—¡Bah! —exclamó, yendo a recostar su hermosa cabeza sobre la almohada, de raso azul, del lecho—. ¿Soy yo tan miedosa como estas pobres gentes, cuyo corazón palpita de terror bajo una armadura, al oír una conseja de aparecidos?

Y cerrando los ojos intentó dormir...; pero en vano había hecho un esfuerzo sobre sí misma. Pronto volvió a incorporarse, más pálida, más inquieta, más aterrada. Ya no era una ilusión: las colgaduras de brocado de la puerta habían rozado al separarse y unas pisadas lentas sonaban sobre la alfombra; el rumor de aquellas pisadas era sordo, casi imperceptible, pero continuado, y a su compás se oía crujir una cosa como madera o hueso. Y se acercaban, se acercaban, y se movió el reclinatorio que estaba a la orilla de su lecho. Beatriz lanzó un grito agudo, y arrebujándose en la ropa que la cubría escondió la cabeza y contuvo el aliento.

El aire azotaba los vidrios del balcón; el agua de la fuente lejana caía y caía con un rumor eterno y monótono; los ladridos de los perros se dilataban en las ráfagas del aire, y las campanas de la ciudad de Soria, unas cerca, otras distantes, doblaban tristemente por las ánimas de los difuntos.

Así pasó una hora, dos, la noche, un siglo, porque la noche aquella pareció eterna a Beatriz. Al fin despuntó la aurora; vuelta de su temor, entreabrió los ojos a los primeros rayos de la luz. Después de una noche de insomnio y de terrores, ¡es tan hermosa la luz clara y blanca del día! Separó las cortinas de seda del lecho, y ya se disponía a reírse de sus temores pasados cuando de repente un sudor frío cubrió su cuerpo, sus ojos se desencajaron y una palidez mortal decoloró sus mejillas: sobre el reclinatorio había visto, sangrienta y desgarrada, la banda azul que perdiera en el monte, la banda azul que fue a buscar Alonso.

Cuando sus servidores llegaron despavoridos a noticiarle la muerte del primogénito de Alcudiel, que a la mañana había aparecido devorado por los lobos entre las malezas del Monte de las Ánimas, la encontraron inmóvil, crispada, asida con ambas manos a una de las columnas de ébano del lecho, desencajados los ojos, entreabierta la boca, blancos los labios, rígidos los miembros: muerta, ¡muerta de horror!

— IV —

Dicen que después de acaecido este suceso un cazador extraviado que pasó la noche de difuntos sin poder salir del monte de las Ánimas y que al otro día, antes de morir, pudo contar lo que viera, refirió cosas horribles. Entre otras, asegura que vio a los esqueletos de los antiguos templarios y de los nobles de Soria enterrados en el atrio de la capilla, levantarse al punto de la oración con un estrépito horrible, y caballeros sobre osamentas de corceles perseguir como a una fiera a una mujer hermosa, pálida y desmelenada que, con los pies desnudos y sangrientos y arrojando gritos de horror, daba vueltas alrededor de la tumba de Alonso.

La cueva de la mora

Frente al establecimiento de baños de Fitero, y sobre unas rocas cortadas a pico, a cuyos pies corre el río Alhama, se ven todavía los restos abandonados de un castillo árabe, célebre en los fastos gloriosos de la Reconquista, por haber sido teatro de grandes y memorables hazañas, así por parte de los que le defendieron, como los que valerosamente clavaron sobre sus almenas el estandarte de la cruz.

De los muros no quedan más que algunos ruinosos vestigios; las piedras de la atalaya han caído unas sobre otras al foso y lo han cegado por completo; en el patio de armas crecen zarzales y matas de jaramago; por todas partes adonde se vuelven los ojos no se ven más que arcos rotos, sillares oscuros y carcomidos: aquí un lienzo de barbacana, entre cuyas hendiduras nace la hiedra; allí un torreón, que aún se tiene en pie como por milagro; más allá los postes de argamasa, con las anillas de hierro que sostenían el puente colgante.

Durante mi estancia en los baños, ya por hacer ejercicio que, según me decían, era conveniente al estado de mi salud, ya arrastrado por la curiosidad, todas las tardes tomaba entre aquellos vericuetos el camino que conduce a las ruinas de la fortaleza árabe, y allí me pasaba las horas y las horas escarbando el suelo por ver si encontraba algunas armas, dando golpes en los muros para observar si estaban huecos y sorprender el escondrijo de un tesoro, y metiéndome por todos los rincones con la idea de encontrar la entrada de algunos de esos subterráneos que es fama existen en todos los castillos de los moros.

Mis diligentes pesquisas fueron por demás infructuosas. Sin embargo, una tarde en que, ya desesperanzado de hallar algo nuevo y curioso en lo alto de la roca sobre que se asienta el castillo, renuncié a subir a ella y limité mi paseo a las orillas del río que corre a sus pies, andando, andando a lo largo de la ribera, vi una especie de boquerón abierto en la peña viva y medio oculto por frondosos y espesísimos matorrales. No sin mi poquito de temor separé el ramaje que cubría la entrada de aquello que me pareció cueva formada por la naturaleza y que después que anduve algunos pasos vi era un subterráneo abierto a pico. No pudiendo penetrar hasta el fondo, que se perdía entre las sombras, me limité a observar cuidadosamente las particularidades de la bóveda y del piso, que me pareció que se elevaba formando como unos grandes peldaños en dirección a la altura en que se halla el castillo de que ya he hecho mención, y en cuyas ruinas recordé entonces haber visto una poterna cegada. Sin duda había descubierto uno de esos caminos secretos tan comunes en las obras militares de aquella época, el cual debió de servir para hacer salidas falsas o coger durante el sitio, el agua del río que corre allí inmediato.

Para cerciorarme de la verdad que pudiera haber en mis inducciones, después que salí de la cueva por donde mismo había entrado, trabé conversación con un trabajador que andaba podando unas viñas en aquellos vericuetos, y al cual me acerqué so pretexto de pedirle lumbre para encender un cigarrillo.

Hablamos de varias cosas indiferentes; de las propiedades medicinales de las aguas de Fitero, de la cosecha pasada y la por venir, de las mujeres de Navarra y el cultivo de las viñas; hablamos, en fin, de todo lo que al buen hombre se le ocurrió, primero que de la cueva objeto de mi curiosidad.

Cuando, por último, la conversación recayó sobre este punto, le pregunté si sabía de alguien que hubiese penetrado en ella y visto su fondo.

—¡Penetrar en la cueva de la mora! —me dijo como asombrado al oír mi pregunta—. ¿Quién había de atreverse? ¿No sabe usted que de esa sima sale todas las noches un ánima?

—¡Un ánima! —exclamé yo sonriéndome—. ¿El ánima de quién?

—El ánima de la hija de un alcaide moro que anda todavía penando por estos lugares, y se la ve todas las noches salir vestida de blanco de esa cueva, y llena en el río una jarrica de agua.

Por la explicación de aquel buen hombre vine en conocimiento de que acerca del castillo árabe y del subterráneo que yo suponía en comunicación con él, había alguna historieta; y como yo soy muy amigo de oír todas estas tradiciones, especialmente de labios de la gente del pueblo; le supliqué me la refiriese, lo cual hizo, poco más o menos, en los mismos términos que yo a mi vez se la voy a referir a mis lectores.

— II —

Cuando el castillo del que ahora solo restan algunas informes ruinas, se tenía aún por los reyes moros, y sus torres, de las que no ha quedado piedra sobre piedra, dominaban desde lo alto de la roca en que tienen asiento todo aquel fertilísimo valle que fecunda el río Alhama, ocurrió junto a la villa de Fitero una reñida batalla, en la cual cayó herido y prisionero de los árabes un famoso caballero cristiano, tan digno de renombre por su piedad como por su valentía.

Conducido a la fortaleza y cargado de hierros por sus enemigos, estuvo algunos días en el fondo de un calabozo luchando entre la vida y la muerte hasta que, curado casi milagrosamente de sus heridas, sus deudos le rescataron a fuerza de oro.

Volvió el cautivo a su hogar; volvió a estrechar entre sus brazos a los que le dieron el ser. Sus hermanos de armas y sus hombres de guerra se alborozaron al verle, creyendo la llegada de emprender nuevos combates; pero el alma del caballero se había llenado de una profunda melancolía, y ni el cariño paterno ni los esfuerzos de la amistad eran parte a disipar su extraña melancolía.

Durante su cautiverio logró ver a la hija del alcaide moro, de cuya hermosura tenía noticias por la fama antes de conocerla; pero cuando la hubo conocido la encontró tan superior a la idea que de ella se había formado, que no pudo resistir a la seducción de sus encantos, y se enamoró perdidamente de un objeto para él imposible.

Meses y meses pasó el caballero forjando los proyectos más atrevidos y absurdos: ora imaginaba un medio de romper las barreras que lo separaban de aquella mujer; ora hacía los mayores esfuerzos para olvidarla; ya se decidía por una cosa, ya se mostraba partidario de otra absolutamente opuesta, hasta que al fin un día reunió a sus hermanos y compañeros de armas, mandó llamar a sus hombres de guerra, y después de hacer con el mayor sigilo todos los aprestos necesarios, cayó de improviso sobre la fortaleza que guardaba a la hermosura, objeto de su insensato amor.

Al partir a esta expedición, todos creyeron que solo movía a su caudillo el afán de vengarse de cuanto le habían hecho sufrir aherrojándole en el fondo de sus calabozos; pero después de tomada la fortaleza, no se ocultó a ninguno la verdadera causa de aquella arrojada empresa, en que tantos buenos cristianos habían perecido para contribuir al logro de una pasión indigna.

El caballero, embriagado en el amor que al fin logró encender en el pecho de la hermosísima mora, ni hacía caso de los consejos de sus amigos, ni paraba mientes en las murmuraciones y las quejas de sus soldados. Unos y otros clamaban por salir cuanto antes de aquellos muros, sobre los cuales era natural que habían de caer nuevamente los árabes, repuestos del pánico de la sorpresa.

Y en efecto, sucedió así: el alcaide allegó gentes de los lugares comarcanos; y una mañana el vigía que estaba puesto en la atalaya de la torre bajó a anunciar a los enamorados amantes que por toda la sierra que desde aquellas rocas se descubre se veía bajar tal nublado de guerreros, que bien podía asegurarse que iba a caer sobre el castillo la morisma entera.

La hija del alcaide se quedó al oírlo pálida como la muerte; el caballero pidió sus armas a grandes voces, y todo se puso en movimiento en la fortaleza. Los soldados salieron en tumulto de sus cuadras; los jefes comenzaron a dar órdenes; se bajaron los rastrillos; se levantó el puente colgante, y se coronaron de ballesteros las almenas.

Algunas horas después comenzó el asalto.

Al castillo con razón podía llamarse inexpugnable. Solo por sorpresa, como se apoderaron de él los cristianos, era posible rendirlo. Resistieron, pues, sus defensores, una, dos y hasta diez embestidas.

Los moros se limitaron, viendo la inutilidad de sus esfuerzos, a cercarlo estrechamente para hacer capitular a sus defensores por hambre.

El hambre comenzó, en efecto, a hacer estragos horrorosos entre los cristianos; pero sabiendo que, una vez rendido el castillo, el precio de la vida de sus defensores era la cabeza de su jefe, ninguno quiso hacerle traición, y los mismos que habían reprobado su conducta, juraron perecer en su defensa.

Los moros, impacientes: resolvieron dar un nuevo asalto al mediar la noche. La embestida fue rabiosa, la defensa desesperada y el choque horrible. Durante la pelea, el alcaide, partida la frente de un hachazo, cayó al foso desde lo alto del muro, al que había logrado subir con ayuda de una escala, al mismo tiempo que el caballero recibía un golpe mortal en la brecha de la barbacana, en donde unos y otros combatían cuerpo a cuerpo entre las sombras.

Los cristianos comenzaron a cejar y a replegarse. En este punto la mora se inclinó sobre su amante que yacía en el suelo moribundo, y tomándole en sus brazos con unas fuerzas que hacían mayores la desesperación y la idea del peligro, lo arrastró hasta el patio de armas. Allí tocó a un resorte, y, por la boca qué dejó ver una piedra al levantarse como movida de un impulso sobrenatural, desapareció con su preciosa carga y comenzó a descender hasta llegar al fondo del subterráneo.

— III —

Cuando el caballero volvió en sí, tendió a su alrededor una mirada llena de extravío, y dijo:

—¡Tengo sed! ¡Me muero! ¡Me abraso! —Y en su delirio, precursor de la muerte, de sus labios secos, por los cuales silbaba la respiración al pasar, solo se oían salir estas palabras angustiosas—: ¡Tengo sed! ¡Me abraso! ¡Agua! ¡Agua!

La mora sabía que aquel subterráneo tenía una salida al valle por donde corre el río. El valle y todas las alturas que lo coronan estaban llenos de soldados moros, que una vez rendida la fortaleza buscaban en vano por todas partes al caballero y a su amada para saciar en ellos su sed de exterminio: sin embargo, no vaciló un instante, y tomando el casco del moribundo, se deslizó como una sombra por entre los matorrales que cubrían la boca de la cueva y bajó a la orilla del río.

Ya había tomado el agua, ya iba a incorporarse para volver de nuevo al lado de su amante, cuando silbó una saeta y resonó un grito.

Dos guerreros moros que velaban alrededor de la fortaleza habían disparado sus arcos en la dirección en que oyeron moverse las ramas. La mora, herida de muerte, logró, sin embargo, arrastrarse a la entrada del subterráneo y penetrar hasta el fondo, donde se encontraba el caballero. Este, al verla cubierta de sangre y próxima a morir, volvió en su corazón; y conociendo la enormidad del pecado que tan duramente expiaban; volvió los ojos al cielo, tomó el agua que su amante le ofrecía, y sin acercársela a los labios, preguntó a la mora:

—¿Quieres ser cristiana? ¿Quieres morir en mi religión, y si me salvo salvarte conmigo? La mora, que había caído al suelo desvanecida con la falta de la sangre, hizo un movimiento imperceptible con la cabeza, sobre la cual derramó el caballero el agua bautismal, invocando el nombre del Todopoderoso.

Al otro día, el soldado que disparó la saeta vio un rastro de sangre a la orilla del río, y siguiéndolo, entró en la cueva, donde encontró los cadáveres del caballero y su amada, que aún vienen por las noches a vagar por estos contornos.

Los ojos verdes

Hace mucho tiempo que tenía ganas de escribir cualquier cosa con este título.

Hoy, que se me ha presentado ocasión, lo he puesto con letras grandes en la primera cuartilla de papel, y luego he dejado a capricho volar la pluma.

Yo creo que he visto unos ojos como los que he pintado en esta leyenda. No sé si en sueños, pero yo los he visto. De seguro no los podré describir tales cuales ellos eran, luminosos, transparentes, como las gotas de la lluvia que se resbalan sobre las hojas de los árboles después de una tempestad de verano. De todos modos, cuento con la imaginación de mis lectores para hacerme comprender en este que pudiéramos llamar boceto de un cuadro que pintaré algún día.

— I —

—Herido va el ciervo..., herido va; no hay duda. Se ve el rastro de la sangre entre las zarzas del monte, y al saltar uno de esos lentiscos han flaqueado sus piernas... Nuestro joven señor comienza por donde otros acaban... En cuarenta años de montero no he visto mejor golpe... Pero, ¡por San Saturio, patrón de Soria!, cortadle el paso por esas carrascas, azuzad los perros, soplad en esas trompas hasta echar los hígados y hundidles a los corceles una cuarta de hierro en los ijares; ¿no veis que se dirige hacia la fuente de los Álamos, y si la salva antes de morir podemos darle por perdido?

Las cuencas del Moncayo repitieron de eco en eco el bramido de las trompas, el latir de la jauría desencadenada, y las voces de los pajes resonaron con nueva furia, y el confuso tropel de hombres, caballos y perros se dirigió al punto que Íñigo, el montero mayor de los marqueses de Almenar, señalara como el más a propósito para cortarle el paso a la res.

Pero todo fue inútil. Cuando el más ágil de los lebreles llegó a las carrascas jadeante y cubiertas las fauces de espuma, ya el ciervo, rápido como una saeta, las había salvado de un solo brinco, perdiéndose entre los matorrales de una trocha que conducía a la fuente.

—¡Alto!... ¡Alto todo el mundo! —gritó Íñigo entonces—. Estaba de Dios que había de marcharse.

Y la cabalgata se detuvo, y enmudecieron las trompas, y los lebreles, refunfuñando, dejaron la pista a la voz de los cazadores.

En aquel momento se reunía a la comitiva el héroe de la fiesta, Fernando de Argensola, el primogénito de Almenar.

—¿Qué haces? —exclamó, dirigiéndose a su montero, y en tanto, ya se pintaba el asombro en sus facciones, ya ardía la cólera en sus ojos—. ¿Qué haces, imbécil? ¡Es que la pieza está herida, que es la primera que cae por mi mano, y abandonas el rastro y la dejas perder para que vaya a morir en el fondo del bosque! ¿Crees acaso que he venido a matar ciervos para festines de lobos?

—Señor —murmuró Íñigo entre dientes—, es imposible pasar de este punto.

—¡Imposible! ¿Y por qué?

—Porque esa trocha —prosiguió el montero— conduce a la fuente de los Álamos; la fuente de los Álamos, en cuyas aguas habita un espíritu del mal.

El que osa enturbiar su corriente paga caro su atrevimiento. Ya la res habrá salvado sus márgenes; ¿cómo la salvaréis vos sin atraer sobre vuestra cabeza alguna calamidad horrible? Los cazadores somos reyes del Moncayo, pero reyes que pagan un tributo. Pieza que se refugia en esa fuente misteriosa, pieza perdida.

—¡Pieza perdida! Primero perderé yo el señorío de mis padres, y primero perderé el ánima en manos de Satanás que permitir que se me escape ese ciervo, el único que ha herido mi venablo, la primicia de mis excursiones de cazador... ¿Lo ves?... ¿Lo ves?... Aún se distingue a intervalos desde aquí..., las piernas le fallan, su carrera se acorta; déjame..., déjame...; suelta esa brida o te revuelco en el polvo... ¿Quién sabe si no le daré lugar para que llegue a la fuente? Y si llegase, al diablo ella, su limpidez y sus habitadores. ¡Sus! *¡Relámpago!* ¡Sus, caballo mío! Si lo alcanzas, mando engarzar los diamantes de mi joyel en tu serreta de oro.

Caballo y jinete partieron como un huracán.

Íñigo los siguió con la vista hasta que se perdieron en la maleza; después volvió los ojos en derredor suyo; todos, como él, permanecieron inmóviles y consternados.

El montero exclamó al fin:

—Señores, vosotros lo habéis visto, me he expuesto a morir entre los pies de su caballo por detenerle. Yo he cumplido con mi deber. Con el diablo no sirven valentías. Hasta aquí llega el montero con su ballesta; de aquí adelante, que pruebe a pasar el capellán con su hisopo.

— II —

—Tenéis la color quebrada; andáis mustio y sombrío; ¿qué os sucede? Desde el día, que yo siempre tendré por funesto, en que llegasteis a la fuente de los Álamos en pos de la res herida, diríase que una mala bruja os ha encanijado con sus hechizos.

Ya no vais a los montes precedido de la ruidosa jauría, ni el clamor de vuestras trompas despierta sus ecos. Solo con esas cavilaciones que os persiguen, todas las mañanas tomáis la ballesta para enderezaros en la espesura y permanecer en ella hasta que el sol se esconde. Y cuando la noche oscurece y volvéis pálido y fatigado al castillo en balde busco en la bandolera los despojos de la caza. ¿Qué os ocupa tan largas horas lejos de los que más os quieren?

Mientras Íñigo hablaba, Fernando, absorto en sus ideas, sacaba maquinalmente astillas de su escaño de ébano con el cuchillo de monte.

Después de un largo silencio, que solo interrumpía el chirrido de la hoja al resbalarse sobre la pulimentada madera, el joven exclamó dirigiéndose a su servidor, como si no hubiera escuchado una sola de sus palabras:

—Íñigo, tú que eres viejo; tú que conoces todas las guaridas del Moncayo, que has vivido en sus faldas persiguiendo a las fieras y en tus errantes excursiones de cazador subiste más de una vez a su cumbre, dime: ¿has encontrado por acaso una mujer que vive entre sus rocas?

—¡Una mujer! —exclamó el montero con asombro y mirándole de hito en hito.

—Sí —dijo el joven—; es una cosa extraña lo que me sucede, muy extraña... Creí poder guardar ese secreto eternamente, pero no es ya posible; rebosa en mi corazón y asoma a mi semblante. Voy, pues, a revelártelo... Tú me ayudarás a desvanecer el misterio que envuelve a esa criatura, que, al parecer, solo para mí existe, pues nadie la conoce, ni la ha visto, ni puede darme razón de ella.

El montero, sin desplegar los labios, arrastró su banquillo hasta colocarle junto al escaño de su señor, del que no apartaba un punto los espantados ojos. Este, después de coordinar sus ideas, prosiguió así:

—Desde el día en que, a pesar de tus funestas predicciones, llegué a la fuente de los Álamos y, atravesando sus aguas, recobré el ciervo que vuestra superstición hubiera dejado huir, se llenó mi alma del deseo de la soledad.

Tú no conoces aquel sitio. Mira, la fuente brota escondida en el seno de una peña y cae resbalándose gota a gota por entre las verdes y flotantes hojas de las plantas que crecen al borde de su cuna. Aquellas gotas, que al desprenderse brillan como puntos de oro y suenan como las notas de un instrumento, se reúnen entre los céspedes, y, susurrando, susurrando, con un ruido semejante al de las abejas que zumban en torno de las flores, se alejan por entre las arenas, y forman un cauce, y luchan con los obstáculos que se oponen a su camino, y se repliegan sobre sí mismas, y saltan, y huyen, y corren, unas veces con risa, otras con suspiros, hasta caer en un lago. En el lago caen con un rumor indescriptible. Lamentos, palabras, nombres, cantares, yo no sé lo que he oído en aquel rumor cuando me he sentado solo y febril sobre el peñasco a cuyos pies saltan las aguas de la fuente misteriosa para estancarse en una balsa profunda, cuya inmóvil superficie apenas riza el viento de la tarde.

Todo es allí grande. La soledad con sus mil rumores desconocidos vive en aquellos lugares y embriaga el espíritu en su inefable melancolía. En las plateadas hojas de los álamos, en los huecos de las peñas, en las ondas del agua parecen que nos hablan los invisibles espíritus de la Naturaleza, que reconocen un hermano en el inmortal espíritu del hombre.

Cuando, al despuntar la mañana, me veías tomar la ballesta y dirigirme al monte, no era nunca para perderme entre sus matorrales en pos de la caza, no; iba a sentarme al borde de la fuente, a buscar en sus ondas... no sé qué, ¡una locura! El día en que salté sobre ella con mi Relámpago creí haber visto brillar en su fondo una cosa extraña..., muy extraña...: los ojos de una mujer.

Tal vez sería un rayo de sol que serpeó fugitivo entre su espuma; tal vez una de esas flores que flotan entre las algas de su seno, y cuyos cálices parecen esmeraldas..., no sé; yo creí ver una mirada que se clavó en la mía; una mirada que encendió en mi pecho un deseo absurdo, irrealizable: el de encontrar una persona con unos ojos como aquellos.

En su busca fui un día y otro a aquel sitio.

Por último, una tarde... yo me creí juguete de un sueño...; pero no, es verdad; la he hablado ya muchas veces, como te hablo a ti ahora...; una tarde encontré sentada en mi puesto, y vestida con unas ropas que llegaban hasta las aguas y flotaban sobre su haz, una mujer hermosa sobre toda ponderación. Sus cabellos eran como el oro; sus pestañas brillaban como hilos de luz, y entre las pestañas volteaban inquietas unas pupilas que yo había visto..., sí, porque los ojos de aquella mujer eran de un color imposible; unos ojos...

—¡Verdes! —exclamó Íñigo con un acento de profundo terror, e incorporándose de un salto en su asiento.

Fernando le miró a su vez como asombrado de que concluyese lo que iba a decir, y le preguntó con una mezcla de ansiedad y de alegría:

—¿La conoces?

—¡Oh no! —dijo el montero—. ¡Líbreme Dios de conocerla! Pero mis padres, al prohibirme llegar hasta esos lugares, me dijeron mil veces que el espíritu, trasgo, demonio o mujer que habita en sus aguas, tiene los ojos de ese color. Yo os conjuro, por lo que más améis en la tierra, a no volver a la fuente de los Álamos. Un día u otro os alcanzará su venganza, y expiaréis muriendo el delito de haber encenagado sus ondas.

—¡Por lo que más amo!... —murmuró el joven con una triste sonrisa.

—Sí —prosiguió el anciano—: por vuestros padres, por vuestros deudos, por las lágrimas de la que el cielo destina para vuestra esposa, por las de un servidor que os ha visto nacer…

—¿Sabes tú lo que más amo en este mundo? ¿Sabes tú por qué daría yo el amor de mi padre, los besos de la que me dio la vida, y todo el cariño que puedan atesorar todas las mujeres de la tierra? Por una mirada, por una sola mirada de esos ojos… ¡Cómo podré yo dejar de buscarlos!

Dijo Fernando estas palabras con tal acento, que la lágrima que temblaba en los párpados de Íñigo se resbaló silenciosa por su mejilla, mientras exclamó con acento sombrío:

—¡Cúmplase la voluntad del cielo!

— III —

—¿Quién eres tú? ¿Cuál es tu patria? ¿En dónde habitas? Yo vengo un día y otro en tu busca, y ni veo el corcel que te trae a estos lugares, ni a los servidores que conducen tu litera. Rompe de una vez el misterioso velo en que te envuelves como en una noche profunda. Yo te amo, y, noble o villana, seré tuyo, tuyo siempre...

El sol había traspuesto la cumbre del monte; las sombras bajaban a grandes pasos por su falda; la brisa gemía entre los álamos de la fuente, y la niebla, elevándose poco a poco de la superficie del lago, comenzaba a envolver las rocas de su margen.

Sobre una de estas rocas, sobre una que parecía próxima a desplomarse en el fondo de las aguas, en cuya superficie se retrataba, temblando, el primogénito de Almenar, de rodillas a los pies de su misteriosa amante, procuraba en vano arrancarle el secreto de su existencia.

Ella era hermosa, hermosa y pálida como una estatua de alabastro. Uno de sus rizos caía sobre sus hombros, deslizándose entre los pliegues del velo, como un rayo de sol que atraviesa las nubes, y en el cerco de sus pestañas rubias brillaban sus pupilas, como dos esmeraldas sujetas en una joya de oro.

Cuando el joven acabó de hablarle, sus labios se removieron como para pronunciar algunas palabras; pero solo exhalaron un suspiro, un suspiro débil, doliente, como el de la ligera onda que empuja una brisa al morir entre los juncos.

—¡No me respondes! —exclamó Fernando al ver burlada su esperanza— ¿Querrás que dé crédito a lo que de ti me han dicho? ¡Oh! No... Háblame; yo quiero saber si me amas; yo quiero saber si puedo amarte, si eres una mujer...

—O un demonio... ¿Y si lo fuese?

El joven vaciló un instante; un sudor frío corrió por sus miembros; sus pupilas se dilataron al fijarse con más intensidad en las de aquella mujer, y, fascinado por su brillo fosfórico, demente casi, exclamó en un arrebató de amor:

—Si lo fueses..., te amaría como te amo ahora, como es mi destino amarte, hasta más allá de esta vida, si hay algo más allá de ella.

—Fernando —dijo la hermosa entonces con una voz semejante a una música—, yo te amo más aún que tú me amas; yo que desciendo hasta un mortal, siendo un espíritu puro. No soy una mujer como las que existen en la tierra; soy una mujer digna de ti, que eres superior a los demás hombres. Yo vivo en el fondo de estas aguas; incorpórea como ellas, fugaz y transparente, hablo con sus rumores y ondulo con sus pliegues. Yo no castigo al que osa turbar la fuente donde moro; antes le premio con mi amor, como a un mortal superior a las supersticiones del vulgo, como a un amante capaz de comprender mi cariño extraño y misterioso.

Mientras ella hablaba así, el joven, absorto en la contemplación de su fantástica hermosura, atraído como por una fuente desconocida, se aproximaba más y más al borde de la roca. La mujer de los ojos verdes prosiguió así:

—¿Ves, ves el límpido fondo de ese lago, ves esas plantas de largas y verdes hojas que se agitan en su fondo?... Ellas nos darán un lecho de esmeraldas y corales... y yo... te daré una felicidad sin nombre, esa felicidad que has soñado en tus horas de delirio, y que no puede ofrecerte nadie... Ven; la niebla del lago flota sobre nuestras frentes como un pabellón de lino...; las ondas nos llaman con sus voces incomprensibles; el viento empieza entre los álamos sus himnos de amor; ven..., ven...

La noche empezaba a extender sus sombras; la luna rielaba en la superficie del lago; la niebla se arremolinaba al soplo del aire, y los ojos verdes brillaban en la oscuridad como los fuegos fatuos que corren sobre el haz de las aguas infectas... Ven..., ven... Estas palabras zumbaban en los oídos de Fernando como un conjuro. Ven... Y la mujer misteriosa le llamaba al borde del abismo, donde estaba suspendida, y parecía ofrecerle un beso..., un beso...

Fernando dio un paso hacia ella...; otro..., y sintió unos brazos delgados y flexibles que se liaban a su cuello, y una sensación fría en sus labios ardorosos, un beso de nieve..., y vaciló..., y perdió pie, y calló al agua con un rumor sordo y lúgubre.

Las aguas saltaron en chispas de luz y se cerraron sobre su cuerpo, y sus círculos de plata fueron ensanchándose, ensanchándose hasta expirar en las orillas.

La ajorca de oro

— I —

Ella era hermosa, hermosa con esa hermosura que inspira el vértigo; hermosa con esa hermosura que no se parece en nada a la que soñamos en los ángeles, que, sin embargo, es sobrenatural; hermosura diabólica, que tal vez presta el demonio a algunos seres para hacerlos sus instrumentos en la tierra.

Él la amaba; la amaba con ese amor que no conoce freno ni límites; la amaba con ese amor en que se busca un goce y solo se encuentran martirios; amor que se asemeja a la felicidad, y que, no obstante, parece infundir el cielo para la expiación de una culpa.

Ella era caprichosa, caprichosa: y extravagante como todas las mujeres del mundo.

Él, supersticioso, supersticioso y valiente, como todos los hombres de su época.

Ella se llamaba María Antúnez.

Él, Pedro Alfonso de Orellana.

Los dos eran toledanos, y los dos vivían en la misma ciudad que los vio nacer. La tradición que refiere esta maravillosa historia, acaecida hace muchos años, no dice nada más acerca de los personajes que fueron sus héroes.

Yo, en mi calidad de cronista verídico, no añadiré ni una sola palabra de mi cosecha para caracterizarlos mejor.

— II —

Él la encontró un día llorando y le preguntó:

—¿Por qué lloras?

Ella se enjugó los ojos, le miró fijamente, arrojó un suspiro y volvió a llorar.

Pedro entonces, acercándose a María, le tomó una mano, apoyó el codo en el pretil árabe desde donde la hermosa miraba pasar la corriente del río, y tornó a decirle:

—¿Por qué lloras?

El Tajo se retorcía gimiendo al pie del mirador entre las rocas sobre que se asienta la ciudad imperial. El sol trasponía los montes vecinos, la niebla de la tarde flotaba como un velo de gasa azul, y solo el monótono ruido del agua interrumpía el alto silencio.

María exclamó:

—No me preguntes por qué lloro, no me lo preguntes: pues ni yo sabré contestarte, ni tú comprenderme. Hay deseos que se ahogan en nuestra alma de mujer, sin que los revele más que un suspiro; ideas locas que cruzan por nuestra imaginación, sin que ose formularlas el labio; fenómenos incomprensibles de nuestra naturaleza misteriosa, que el hombre no puede ni aún concebir. Te lo ruego, no me preguntes la causa de mi dolor; si te la revelase, acaso te arrancaría una carcajada.

Cuando estas palabras expiraron, ella tornó a inclinar la frente y él a reiterar sus preguntas.

La hermosa, rompiendo al fin su obstinado silencio, dijo a su amante con voz sorda y entrecortada:

—Tú lo quieres, es una locura que te hará reír; pero no importa: te lo diré, puesto que lo deseas.

»Ayer estuve en el templo. Se celebraba la fiesta de la Virgen; su imagen, colocada en el altar mayor sobre un escabel de oro, resplandecía como un ascua de fuego; las notas del órgano temblaban dilatándose de eco en eco por el ámbito de la iglesia, y en el coro los sacerdotes entonaban el Salve, Regina.

»Yo rezaba, rezaba absorta en mis pensamientos religiosos, cuando maquinalmente levanté la cabeza y mi vista se dirigió al altar. No sé por qué mis ojos se fijaron desde luego en la imagen; digo mal, en la imagen no: se fijaron en un objeto que hasta entonces no había visto, un objeto que, sin poder explicármelo, llamaba sobre sí toda mi atención... No te rías... aquel objeto era la ajorca de oro que tiene la Madre de Dios en uno de los brazos en que descansa su divino Hijo... Yo aparté la vista y torné a rezar... ¡Imposible! Mis ojos se volvían involuntariamente al mismo punto. Las luces del altar, reflejándose en las mil facetas de sus diamantes, se reproducían de una manera prodigiosa. Millones de chispas de luz rojas y azules, verdes y amarillas, volteaban alrededor de las piedras como un torbellino de átomos de fuego, como una vertiginosa ronda de esos espíritus de llamas que fascinan con su brillo y su increíble inquietud... Salí del templo, vine a casa, pero vine con aquella idea fija en la imaginación. Me acosté para dormir; no pude... Pasó la noche, eterna con aquel pensamiento... Al amanecer se cerraron mis párpados, y, ¿lo creerás?, aún en el sueño veía cruzar, perderse y tornar de nuevo una mujer, una mujer morena y hermosa, que llevaba la joya de oro y de pedrería; una mujer, sí, porque ya no era la Virgen que yo adoro y ante quien me humillo; era una mujer, otra mujer como yo, que me miraba y se reía mofándose de mí. —¿La ves? —parecía decirme, mostrándome la joya—. ¡Cómo brilla! Parece un círculo de estrellas arrancadas del cielo de una noche de verano. ¿La ves?

Pues no es tuya, no lo será nunca, nunca... Tendrás acaso otras mejores, más ricas, si es posible; pero esta, esta, que resplandece de un modo tan fantástico, tan fascinador... nunca... nunca... Desperté; pero con la misma idea fija aquí, entonces como ahora semejante a un clavo ardiendo, diabólica, incontrastable, inspirada sin duda por el mismo Satanás... ¿Y qué?... Callas, callas y doblas la frente... ¿No te hace reír mi locura?

Pedro, con un movimiento convulsivo, oprimió el puño de su espada, levantó la cabeza, que en efecto había inclinado, y dijo con voz sorda:

—¿Qué virgen tiene esa presea?

—¡La del Sagrario! —murmuró María.

—¡La del Sagrario! —repitió el joven con acento de terror—: ¡la del Sagrario de la catedral!... Y en sus facciones se retrató un instante el estado de su alma, espantada en una idea. ¡Ah! ¿por qué no la posee otra Virgen? —prosiguió con acento enérgico y apasionado—; ¿por qué no la tiene el arzobispo en su mitra, el rey en su corona o el diablo entre sus garras? Yo se la arrancaría para ti, aunque me costase la vida o la condenación. Pero a la Virgen del Sagrario, a nuestra Santa Patrona, yo... yo que he nacido en Toledo, ¡imposible, imposible!

—¡Nunca! —murmuró María con voz casi imperceptible—; ¡nunca!

Y siguió llorando.

Pedro fijó una mirada estúpida en la corriente del río. En la corriente, que pasaba y pasaba sin cesar ante sus extraviados ojos, quebrándose al pie del mirador entre las rocas sobre que se asienta la ciudad imperial.

— III —

¡La catedral de Toledo! Figuraos un bosque de gigantes palmeras de granito que al entrelazar sus ramas forman una bóveda colosal y magnífica, bajo la que se guarece y vive, con la vida que le ha prestado el genio, toda una creación de seres imaginarios y reales.

Figuraos un caos incomprensible de sombra y luz, en donde se mezclan y confunden con las tinieblas de las naves los rayos de colores de las ojivas; donde lucha y se pierde con la oscuridad del santuario el fulgor de las lámparas.

Figuraos un mundo de piedra, inmenso como el espíritu de nuestra religión, sombrío como sus tradiciones, enigmático como sus parábolas, y todavía no tendréis una idea remota de ese eterno monumento del entusiasmo y la fe de nuestros mayores, sobre el que los siglos han derramado a porfía el tesoro de sus creencias, de su inspiración y de sus artes.

En su seno viven el silencio, la majestad, la poesía del misticismo, y un santo horror que defiende sus umbrales contra los pensamientos mundanos y las mezquinas pasiones de la tierra. La consunción material se alivia respirando el aire puro de las montañas, el ateísmo debe curarse respirando su atmósfera de fe. Pero si grande, si imponente se presenta la catedral a nuestros ojos a cualquiera hora que se penetra en su recinto misterioso y sagrado, nunca produce una impresión tan profunda como en los días en que despliega todas las galas de su pompa religiosa, en que sus tabernáculos se cubren de oro y pedrería; sus gradas de alfombra y sus pilares de tapices.

Entonces, cuando arden despidiendo un torrente de luz sus mil lámparas de plata; cuando flota en el aire una nube de incienso, y las voces del coro y la armonía de los órganos y las campanas de la torre estremecen el edificio desde sus cimientos más profundos hasta las más altas agujas que lo coronan, entonces es cuando se comprende, al sentirla, la tremenda majestad de Dios que vive en él, y lo anima con su soplo y lo llena con el reflejo de su omnipotencia.

El mismo día en que tuvo lugar la escena que acabamos de referir, se celebraba en la catedral de Toledo el último de la magnífica octava de la Virgen.

La fiesta religiosa había traído a ella una multitud inmensa de fieles; pero ya esta se había dispersado en todas direcciones, ya se habían apagado las luces de las capillas y del altar mayor, y las colosales puertas del templo habían rechinado sobre sus goznes para cerrarse detrás del último toledano, cuando de entre las sombras, y pálido, tan pálido como la estatua de la tumba en que se apoyó un instante mientras dominaba su emoción, se adelantó un hombre que vino deslizándose con el mayor sigilo hasta la verja del crucero. Allí la claridad de una lámpara permitía distinguir sus facciones.

Era Pedro.

¿Qué había pasado entre los dos amantes para que se arrestara al fin a poner por obra una idea que solo el concebirla había erizado sus cabellos de horror? Nunca pudo saberse. Pero él estaba allí, y estaba allí para llevar a cabo su criminal propósito. En su mirada inquieta, en el temblor de sus rodillas, en el sudor que corría en anchas gotas por su frente, llevaba escrito su pensamiento.

La catedral estaba sola, completamente sola, y sumergida en un silencio profundo. No obstante, de cuando en cuando se percibían como unos rumores confusos: chasquidos de madera tal vez, o murmullos del viento, o ¿quién sabe?, acaso ilusión de la fantasía, que oye y ve y palpa en su exaltación lo que no existe; pero la verdad era que ya cerca, ya lejos, ora a sus espaldas, ora a su lado mismo, sonaban como sollozos que se comprimen, como roce de telas que se arrastran, como rumor de pasos que van y vienen sin cesar.

Pedro hizo un esfuerzo para seguir en su camino; llegó a la verja y subió la primera grada de la capilla mayor. Alrededor de esta capilla están las tumbas de los reyes, cuyas imágenes de piedra, con la mano en la empuñadura de la espada, parecen velar noche y día por el santuario, a cuya sombra descansan todos por una eternidad.

—¡Adelante! —murmuró en voz baja, y quiso andar y no pudo. Parecía que sus pies se habían clavado en el pavimento.

Bajó los ojos, y sus cabellos se erizaron de horror: el suelo de la capilla lo formaban anchas y oscuras losas sepulcrales.

Por un momento creyó que una mano fría y descarnada le sujetaba en aquel punto con una fuerza invencible. Las moribundas lámparas que brillaban en el fondo de las naves como estrellas perdidas entre las sombras, oscilaron a su vista, y oscilaron las estatuas de los sepulcros y las imágenes del altar, y osciló el templo todo con sus arcadas de granito y sus machones de sillería.

—¡Adelante! —volvió a exclamar Pedro como fuera de sí, y se acercó al ara, y trepando por ella, subió hasta el escabel de la imagen. Todo alrededor suyo se revestía de formas quiméricas y horribles; todo era tinieblas y luz dudosa, más imponente aún que la oscuridad. Solo la reina de los cielos, suavemente iluminada por una lámpara de oro, parecía sonreír tranquila, bondadosa y serena en medio de tanto horror.

Sin embargo, aquella sonrisa muda e inmóvil que le tranquilizara un instante concluyó por infundirle temor; un temor más extraño, más profundo que el que hasta entonces había sentido.

Tornó empero a dominarse, cerró los ojos para no verla, extendió la mano con un movimiento convulsivo y le arrancó la ajorca de oro, piadosa ofrenda de un santo arzobispo; la ajorca de oro cuyo valor equivalía a una fortuna.

Ya la presea estaba en su poder; sus dedos crispados la oprimían con una fuerza sobrenatural; solo restaba huir, huir con ella; pero para esto era preciso abrir los ojos, y Pedro tenía miedo de ver, de ver la imagen, de ver los reyes de las sepulturas, los demonios de las cornisas, los endriagos de los capiteles, las fajas de sombras y los rayos de luz que, semejantes a blancos y gigantescos fantasmas, se movían lentamente en el fondo de las naves, pobladas de rumores temerosos y extraños.

Al fin abrió los ojos, tendió una mirada, y un grito agudo se escapó de sus labios.

La catedral estaba llena de estatuas, estatuas que, vestidas con luengos y no vistos ropajes, habían descendido de sus huecos y ocupaban todo el ámbito de la iglesia, y le miraban con sus ojos sin pupila.

Santos, monjas, ángeles, demonios, guerreros, damas, pajes, cenobitas y villanos se rodeaban y confundían en las naves y en el altar. A sus pies oficiaban, en presencia de los reyes, de hinojos sobre sus tumbas, los arzobispos de mármol que él había visto otras veces inmóviles sobre sus lechos mortuorios, mientras que arrastrándose por las losas, trepando por los machones, acurrucados en los doseles, suspendidos de las bóvedas, pululaban, como los gusanos de un inmenso cadáver, todo un mundo de reptiles y alimañas de granito, quiméricos, deformes, horrorosos.

Ya no puedo resistir más. Las sienes le latieron con una violencia espantosa; una nube de sangre oscureció sus pupilas; arrojó un segundo grito, un grito desgarrador y sobrehumano, y cayó desvanecido sobre el ara.

Cuando al otro día los dependientes de la iglesia le encontraron al pie del altar, tenía aún la ajorca de oro entre sus manos, y al verlos aproximarse, exclamó con una estridente carcajada:

—¡Suya, suya!

El infeliz estaba loco.

El Miserere

Hace algunos meses que, visitando la célebre abadía de Fitero y ocupándome en revolver algunos volúmenes en su abandonada biblioteca, descubrí en uno de sus rincones dos o tres cuadernos de música bastante antiguos cubiertos de polvo y hasta comenzados a roer por los ratones.

Era un *Miserere*.

Yo no sé la música, pero la tengo tanta afición que, aun sin entenderla, suelo coger a veces la partitura de una ópera y me paso las horas muertas hojeando sus páginas, mirando los grupos de notas más o menos apiñadas, las rayas, los semicírculos, los triángulos y las especies de etcéteras que llaman claves, y todo esto sin comprender una jota ni sacar maldito el provecho.

Consecuente con mi manía, repasé los cuadernos, y lo primero que me llamó la atención fue que, aunque en la última página había esta palabra latina, tan vulgar en todas las obras, finis, la verdad era que el *Miserere* no estaba terminado porque la música no alcanzaba sino hasta el décimo versículo.

Esto fue, sin duda, lo que me llamó la atención primeramente; pero luego que me fijé un poco en las hojas de música me chocó más aún el observar que, en vez de esas palabras italianas que ponen en todas, como maestoso, allegro, ritardando, più vivo, a piacere, había unos renglones escritos con letra muy menuda y en alemán, de los cuales algunos servían para advertir cosas tan difíciles de hacer como esta: *Crujen..., crujen los huesos, y de sus médulas han de parecer que salen los alaridos*, o esta otra: *La cuerda aúlla sin discordar, el metal atruena sin ensordecer; por eso suena todo y no se confunde nada, y todo es la humanidad que solloza y gime*, o la más original de todas, sin duda, recomendaba al pie del último versículo: *Las notas son huesos cubiertos de carne; lumbre inextinguible, los cielos y su armonía...; ¡fuerza!..., fuerza y dulzura*.

—¿Sabéis qué es esto? —pregunté a un viejecito que me acompañaba al acabar de medio traducir estos renglones, que parecían frases escritas por un loco.

El anciano me contó entonces la leyenda que voy a referiros.

— I —

Hace ya muchos años, en una noche lluviosa y obscura, llegó a la puerta claustral de esta abadía un romero y pidió un poco de lumbre para secar sus ropas, un pedazo de pan con que satisfacer su hambre y un albergue cualquiera donde esperar la mañana y proseguir con la luz del sol su camino.

Su modesta colación, su pobre lecho y su encendido hogar puso el hermano a quien se hizo esta demanda a disposición del caminante, al cual, después que se hubo repuesto de su cansancio, interrogó acerca del objeto de su romería y del punto a que se encaminaba.

—Yo soy músico —respondió el interpelado—, he nacido muy lejos de aquí y en mi patria gocé un día de gran renombre. En mi juventud hice de mi arte un arma poderosa de seducción y encendí con él pasiones que me arrastraron a un crimen. En mi vejez quiero convertir al bien las facultades que he empleado para el mal, redimiéndome por donde mismo pude condenarme.

Como las enigmáticas palabras del desconocido no pareciesen del todo claras al hermano lego, en quien ya comenzaba la curiosidad a despertarse, e instigado por esta, continuara en sus preguntas, su interlocutor prosiguió de este modo:

—Lloraba yo en el fondo de mi alma la culpa que había cometido; mas al intentar pedirle a Dios misericordia, no encontraba palabras para expresar dignamente mi arrepentimiento cuando un día se fijaron mis ojos por casualidad sobre un libro santo. Abrí aquel libro y en una de sus páginas encontré un gigante grito de contrición verdadera, un salmo de David, el que comienza *Miserere mei, Deus!* Desde el instante en que hube leído sus estrofas, mi único pensamiento fue hallar una forma musical tan magnífica, tan sublime, que bastase a contener el grandioso himno de dolor del rey profeta. Aún no la he encontrado; pero si logro expresar lo que siento en mi corazón, lo que oigo confusamente en mi cabeza, estoy seguro de hacer un *Miserere* tal y tan maravilloso que no hayan oído otro semejante los nacidos, tal y tan desgarrador, que al escuchar el primer acorde los arcángeles dirán conmigo, cubiertos los ojos de lágrimas y dirigiéndose al Señor: *¡Misericordia!*, y el Señor la tendrá de su pobre criatura.

El romero, al llegar a este punto de su narración, calló por un instante, y después, exhalando un suspiro, tornó a coger el hilo de su discurso. El hermano lego, algunos dependientes de la abadía y dos o tres pastores de la granja de los frailes, que formaban círculo alrededor del hogar, le escuchaban en un profundo silencio.

—Después —continuó— de recorrer toda Alemania, toda Italia y la mayor parte de este país clásico para la música religiosa, aún no he oído un *Miserere* en que pueda inspirarme; ni uno, ni uno; y he oído tantos que puedo decir que los he oído todos.

—¿Todos? —dijo entonces, interrumpiéndole, uno de los rabadanes—. ¿A qué no habéis oído el *Miserere de la Montaña*?

—¡El *Miserere de la Montaña*! —exclamó el músico con aire de extrañeza—. ¿Qué *Miserere* es ese?

—¿No dije? —murmuró el campesino, y luego prosiguió con una entonación misteriosa—. Ese *Miserere*, que solo oyen por casualidad los que como yo andan día y noche tras el ganado por entre breñas y peñascales, es toda una historia; una historia muy antigua, pero tan verdadera como al parecer increíble.

Es el caso que en lo más fragoso de esas cordilleras de montañas que limitan el horizonte del valle, en el fondo del cual se halla la abadía, hubo, hace ya muchos años, ¡qué digo muchos años!, muchos siglos, un monasterio famoso, monasterio que, a lo que parece, edificó un señor con los bienes que había de legar a su hijo, al cual desheredó al morir en pena de sus maldades.

Hasta aquí todo fue bueno; pero es el caso que este hijo que, por lo que se verá más adelante, debió de ser de la piel del diablo, si no era el mismo diablo en persona, sabedor de que sus bienes estaban en poder de los religiosos y de que su castillo se había transformado en iglesia, reunió a unos cuantos bandoleros, camaradas suyos en la vida de perdición que emprendiera al abandonar la casa de sus padres, y una noche de Jueves Santo, en que los monjes se hallaban en el coro, y en el punto y hora en que iban a comenzar o habían comenzado el *Miserere*, pusieron fuego al monasterio, saquearon la iglesia, y a este quiero a aquel no, se dice que no dejaron fraile con vida.

Después de esta atrocidad se marcharon los bandidos y su instigador con ellos adonde no se sabe, a los profundos tal vez.

Las llamas redujeron el monasterio a escombros; de la iglesia aún quedan en pie las ruinas sobre el cóncavo peñón, de donde nace la cascada que, después de estrellarse de peña en peña, forma el riachuelo que viene a bañar los muros de esta abadía.

—Pero —interrumpió impaciente el músico— ¿y el *Miserere*?

—Aguardaos —continuó con gran sorna el rabadán—, que todo irá por partes.

Dicho lo cual siguió así su historia:

—Las gentes de los contornos se escandalizaron del crimen; de padres a hijos y de hijos a nietos se refirió con horror en las largas noches de velada; pero lo que mantiene más viva su memoria es que todos los años, tal noche como la en que se consumó, se ven brillar luces a través de las rotas ventanas de la iglesia; se oye como una especie de música extraña y unos cantos lúgubres y aterradores que se perciben a intervalos en las ráfagas del aire.

Son los monjes, los cuales, muertos tal vez sin hallarse preparados para presentarse en el tribunal de Dios limpios de toda culpa, vienen aún del purgatorio a impetrar su misericordia cantando el *Miserere*.

Los circunstantes se miraron unos a otros con muestras de incredulidad; solo el romero, que parecía vivamente preocupado con la narración de la historia, preguntó con ansiedad al que la había referido:

—¿Y decís que ese portento se repite aún?

—Dentro de tres horas comenzarán, sin falta alguna, porque precisamente esta noche es la de Jueves Santo, y acaban de dar las ocho en el reloj de la abadía.

—¿A qué distancia se encuentra el monasterio?

—A una legua y media escasa...; pero ¿qué hacéis? ¿Adónde vais con una noche como esta? ¡Estáis dejado de la mano de Dios! —exclamaron todos al ver que el romero, levantándose de su escaño y tomando el bordón, abandonaba el hogar para dirigirse a la puerta.

—¿Adónde voy? A oír esa maravillosa música, a oír el grande, el verdadero *Miserere*, el *Miserere* de los que vuelven al mundo después de muertos y saben lo que es morir en el pecado.

Y esto diciendo desapareció de la vista del espantado lego y de los no menos atónitos pastores.

El viento zumbaba y hacía crujir las puertas, como si una mano poderosa pugnase por arrancarlas de sus quicios; la lluvia caía en turbiones, azotando los vidrios de las ventanas, y de cuando en cuando la luz de un relámpago iluminaba por un instante todo el horizonte que desde ellas se descubría.

Pasado el primer momento de estupor exclamó el lego:

—¡Está loco!

—¡Está loco! —repitieron los pastores, y atizaron de nuevo la lumbre y se agruparon alrededor del hogar.

— II —

Después de una o dos horas de camino el misterioso personaje que calificaron de loco en la abadía, remontando la corriente del riachuelo que le indicó el rabadán de la historia, llegó al punto en que se levantaban negras e imponentes las ruinas del monasterio.

La lluvia había cesado; las nubes flotaban en obscuras bandas, por entre cuyos jirones se deslizaba a veces un furtivo rayo de luz pálida y dudosa; y el aire, al azotar los fuertes machones y extenderse por los desiertos claustros, diríase que exhalaba gemidos. Sin embargo, nada sobrenatural, nada extraño venía a herir la imaginación. Al que había dormido más de una noche sin otro amparo que las ruinas de una torre abandonada o un castillo solitario; al que había arrostrado en su larga peregrinación cien y cien tormentas, todos aquellos ruidos le eran familiares.

Las gotas de agua que se filtraban por entre las grietas de los rotos arcos y caían sobre las losas con un rumor acompasado, como el de la péndola de un reloj; los gritos del búho, que graznaba refugiado bajo el nimbo de piedra de una imagen, de pie aún en el hueco de un muro; el ruido de los reptiles, que, despiertos de su letargo por la tempestad, sacaban sus disformes cabezas de los agujeros donde duermen o se arrastraban por entre los jaramagos y los zarzales que crecían al pie del altar, entre las junturas de las lápidas sepulcrales que formaban el pavimento de la iglesia; todos esos extraños y misteriosos murmullos del campo, de la soledad y de la noche llegaban perceptibles al oído del romero, que, sentado sobre la mutilada estatua de una tumba, aguardaba ansioso la hora en que debiera realizarse el prodigio.

Transcurrió tiempo y tiempo y nada se percibió; aquellos mil confusos rumores seguían sonando y combinándose de mil maneras distintas, pero siempre los mismos.

—¡Si me habrá engañado! —pensó el músico; pero en aquel instante se oyó un ruido nuevo, un ruido inexplicable en aquel lugar: como el que produce un reloj algunos segundos antes de sonar la hora; ruido de ruedas que giran, de cuerdas que se dilatan, de maquinaria que se agita sordamente y se dispone a usar de su misteriosa vitalidad mecánica, y sonó una campanada..., dos..., tres..., hasta once.

En el derruido templo no había campana, ni reloj, ni torre ya siquiera.

Aún no había expirado, debilitándose de eco en eco, la última campanada; todavía se escuchaba su vibración temblando en el aire, cuando los doseles de granito que cobijaban las esculturas, las gradas de mármol de los altares, los sillares de las ojivas, los calados antepechos del coro, los festones de tréboles de las cornisas, los negros machones de los muros, el pavimento, las bóvedas, la iglesia entera comenzó a iluminarse espontáneamente, sin que se viese una antorcha, un cirio o una lámpara que derramase aquella insólita claridad.

Parecía como un esqueleto de cuyos huesos amarillos se desprende ese gas fosfórico que brilla y humea en la oscuridad como una luz azulada, inquieta y medrosa.

Todo pareció animarse, pero con ese movimiento galvánico que imprime a la muerte contracciones que parodian la vida; movimiento instantáneo, más horrible aún que la inercia del cadáver que agita con su desconocida fuerza. Las piedras se reunieron a piedras; el ara, cuyos rotos fragmentos se veían antes esparcidos sin orden, se levantó intacta como si acabase de dar en ella su último golpe de cincel el artífice, y al par del ara se levantaron las derribadas capillas, los rotos capiteles y las destrozadas e inmensas series de arcos que, cruzándose y enlazándose caprichosamente entre sí, formaron con sus columnas un laberinto de pórfido.

Un vez reedificado el templo, comenzó a oírse un acorde lejano que pudiera confundirse con el zumbido del aire, pero que era un conjunto de voces lejanas y graves que parecía salir del seno de la tierra e irse elevando poco a poco, haciéndose cada vez más perceptible.

El osado peregrino comenzaba a tener miedo; pero con su miedo luchaba aún su fanatismo por todo lo desusado y maravilloso, y, alentado por él, dejó la tumba sobre que reposaba, se inclinó al borde del abismo por entre cuyas rocas saltaba el torrente, despeñándose en un trueno incesante y espantoso, y sus cabellos se erizaron de horror.

Mal envueltos en los jirones de sus hábitos, caladas las capuchas, bajo los pliegues de las cuales contrastaban con sus descarnadas mandíbulas y los blancos dientes las obscuras cavidades de los ojos de sus calaveras, vio los esqueletos de los monjes, que fueron arrojados desde el pretil de la iglesia a aquel precipicio, salir del fondo de las aguas, y agarrándose con los largos dedos de sus manos de hueso a las grietas de las peñas trepar por ellas hasta tocar el borde, diciendo con voz baja y sepulcral, pero con una desgarradora expresión de dolor, el primer versículo del salmo de David:

Miserere mei, Deus, secundum magnam misericordiam tuam!

Cuando los monjes llegaron al peristilo del templo se ordenaron en dos hileras y penetrando en él fueron a arrodillarse en el coro, donde con voz más levantada y solemne prosiguieron entonando los versículos del salmo. La música sonaba al compás de sus voces; aquella música era el rumor distante del trueno, que, desvanecida la tempestad, se alejaba murmurando; era el zumbido del aire que gemía en la concavidad del monte; era el monótono ruido de la cascada, que caía sobre las rocas, y la gota de agua que se filtraba y el roce de los reptiles inquietos. Todo esto era la música y algo más que no puede explicarse ni apenas concebirse; algo más que parecía como el eco de un órgano que acompañaba los versículos del gigante himno de contrición del rey salmista, con notas y acordes tan gigantes como sus palabras terribles.

Siguió la ceremonia; el músico que la presenciaba, absorto y aterrado, creía estar fuera del mundo real, vivir en esa región fantástica del sueño en que todas las cosas se revisten de formas extrañas y fenomenales.

Un sacudimiento terrible vino a sacarle de aquel estupor que embargaba todas las facultades de su espíritu. Sus nervios saltaron al impulso de una emoción fortísima; sus dientes chocaron, agitándose con un temblor imposible de reprimir, y el frío penetró hasta la médula de los huesos.

Los monjes pronunciaban en aquel instante estas espantosas palabras del *Miserere*:

In iniquitatibus conceptus sum: et in peccatis concepit me mater mea.

Al resonar este versículo y dilatarse sus ecos retumbando de bóveda en bóveda, se levantó un alarido tremendo, que parecía un grito de dolor arrancado a la Humanidad entera por la conciencia de sus maldades; un grito horroroso, formado de todos los lamentos del infortunio, de todos los aullidos de la desesperación, de todas las blasfemias de la impiedad; concierto monstruoso, digno intérprete de los que viven en el pecado y fueron concebidos en la iniquidad.

Prosiguió el canto, ora tristísimo y profundo, ora semejante a un rayo de sol que rompe la nube obscura de una tempestad, haciendo suceder a un relámpago de terror otro relámpago de júbilo, hasta que, merced a una transformación súbita, la iglesia resplandeció bañada en luz celeste; las osamentas de los monjes se vistieron de sus carnes; una aureola luminosa brilló en derredor de sus frentes; se rompió la cúpula y a través de ella se vio el cielo como un océano de lumbre abierto a la mirada de los justos.

Los serafines, los arcángeles, los ángeles y todas las jerarquías acompañaban con un himno de gloria este versículo, que subía entonces al trono del Señor como una tromba armónica, como una gigantesca espiral de sonoro incienso:

Auditui meo dabis gaudium et lætitiam: et exultabunt ossa humiliata.

En este punto la claridad deslumbradora cegó los ojos del romero; sus sienes latieron con violencia, zumbaron sus oídos y cayó sin conocimiento por tierra y nada más oyó.

— III —

Al día siguiente los pacíficos monjes de la abadía de Fitero, a quienes el hermano lego había dado cuenta de la extraña visita de la noche anterior, vieron entrar por sus puertas, pálido y como fuera de sí, al desconocido romero.

—¿Oísteis al cabo el *Miserere*? —le preguntó con cierta mezcla de ironía el lego, lanzando a hurtadillas una mirada de inteligencia a sus superiores.

—Sí —respondió el músico.

—¿Y qué tal os ha parecido?

—Lo voy a escribir. Dadme un asilo en vuestra casa —prosiguió, dirigiéndose al abad—, un asilo y pan por algunos meses, y voy a dejaros una obra inmortal del arte, un *Miserere* que borre mis culpas a los ojos de Dios, eternice mi memoria y eternice con ella la de esta abadía.

Los monjes, por curiosidad, aconsejaron al abad que accediese a su demanda; el abad, por compasión, aun creyéndole un loco, accedió al fin a ella, y el músico, instalado ya en el monasterio, comenzó su obra.

Noche y día trabajaba con un afán incesante. En mitad de su tarea se paraba y parecía como escuchar algo que sonaba en su imaginación y se dilataban sus pupilas, saltaba en el asiento y exclamaba: «¡Eso es; así, así; no hay duda…, así!» Y proseguía escribiendo notas con una rapidez febril que dio en más de una ocasión que admirar a los que le observaban sin ser vistos.

Escribió los primeros versículos y los siguientes y hasta la mitad del Salmo; pero al llegar al último, que había oído en la montaña, le fue imposible proseguir.

Escribió uno, dos, cien, doscientos borradores; todo inútil. Su música no se parecía a aquella música ya anotada, y el sueño huyó de sus párpados, y perdió el apetito, y la fiebre se apoderó de su cabeza, y se volvió loco, y se murió, en fin, sin poder terminar el *Miserere*, que, como una cosa extraña, guardaron los frailes a su muerte y aún se conserva hoy en el archivo de la abadía.

Cuando el viejecito concluyó de contarme esta historia no pude menos de volver otra vez los ojos al empolvado y antiguo manuscrito del *Miserere*, que aún estaba abierto sobre una de las mesas.

In peccatis concepit me mater mea

Estas eran las palabras de la página que tenía ante mi vista y que parecía mofarse de mí con sus notas, sus llaves y sus garabatos ininteligibles para los legos en la música.

Por haberlas podido leer hubiera dado un mundo.

¿Quién sabe sí no serán una locura?

¡Es raro!

Tomábamos el té en casa de una señora amiga mía, y se hablaba de esos dramas sociales que se desarrollan ignorados del mundo, y cuyos protagonistas hemos conocido, si es que no hemos hecho un papel en algunas de sus escenas.

Entre otras muchas personas que no recuerdo, se encontraba allí una niña rubia, blanca y esbelta, que a tener una corona de flores en lugar del legañoso perrillo, que gruñía medio oculto entre los anchos pliegues de su falda, hubiérasela comparado, sin exagerar, con la Ofelia de Shakespeare.

Tan puros eran el blanco de su frente y el azul de sus ojos.

De pie, apoyada una mano en la *causeuse* de terciopelo azul que ocupaba la niña rubia, y acariciando con la otra los preciosos dijes de su cadena de oro, hablaba con ella un joven, en cuya afectada pronunciación se notaba un leve acento extranjero, a pesar de que su aire y su tipo eran tan españoles como los del Cid o Bernardo del Carpio.

Un señor de cierta edad, alto, seco, de maneras distinguidas y afables, y que parecía seriamente preocupado en la operación de dulcificar a punto su taza de té, completaba el grupo de las personas más próximas a la chimenea, al calor de la cual me senté para contar esta historia. Esta historia parece un cuento, pero no lo es: de ella pudiera hacerse un libro; yo lo he hecho, algunas veces en mi imaginación. No obstante, la referiré en pocas palabras, pues para el que haya de comprenderla todavía sobrarán algunas.

— I —

Andrés, porque así se llamaba el héroe de mi narración, era uno de esos hombres en cuya alma rebosan el sentimiento que no han gastado nunca, y el cariño que no pueden depositar en nadie.

Huérfano casi al nacer, quedó al cuidado de unos parientes. Ignoro los detalles de su niñez; sólo puedo decir que, cuando le hablaban de ella, se oscurecía su frente y exclamaba con un suspiro: —¡Ya pasó aquello!

Todos decimos lo mismo, recordando con tristeza las alegrías pasadas. ¿Era ésta la explicación de la suya? Repito que no lo sé; pero sospecho que no.

Ya joven, se lanzó al mundo. Sin que por esto se crea que yo trato de calumniarle, la verdad es que el mundo para los pobres, y para cierta clase de pobres sobre todo, no es un paraíso ni mucho menos. Andrés era, como suele decirse, de los que se levantan la mayor parte de los días con veinticuatro horas más; juzguen, pues, mis lectores cuál sería el estado de un alma toda idealismo, toda amor, ocupada en la difícil cuanto prosaica tarea de buscarse el pan nuestro cotidiano.

No obstante, algunas veces, sentándose a la orilla de su solitario lecho, con los codos sobre las rodillas y la cabeza entre las manos, exclamaba:

—¡Si yo tuviese alguien a quien querer con toda mi alma! ¡Una mujer, un caballo, un perro siquiera!

Como no tenía un cuarto, no le era posible tener nada, ningún objeto en que satisfacer su hambre de amor. Ésta se exasperó hasta el punto de que en sus crisis llegó a cobrarle cariño al cuchitril donde habitaba, a los mezquinos muebles que le servían hasta a la patrona, que era su genio del mal.

No hay que extrañarlo; Josefo refiere que durante el sitio de Jerusalén fue tal el hambre, que las madres se comieron a sus hijos.

Un día pudo proporcionarse un escasísimo sueldo para vivir. La noche de aquel día, cuando se retiraba a su casa, al atravesar una calle estrecha, oyó una especie de lamentos, como lloros de una criatura recién nacida. No bien hubo dado algunos pasos más después de oír aquellos gemidos, cuando exclamó deteniéndose:

—Diantre, ¿qué es esto?

Y tocó con la punta del pie una cosa blanda que se movía y tornó a chillar y a quejarse. Era uno de esos perrillos que arrojan a la basura de pequeñuelos.

—La Providencia lo ha puesto en mi camino -dijo para sí Andrés, recogiéndole y abrigándole con el faldón de su levita; y se lo llevó a su cuchitril.

—¡Cómo es eso! -refunfuñó la patrona al verle entrar con el perrillo-. No nos faltaba más que ese nuevo embeleco en casa; ahora mismo lo deja usted donde lo encontró, o mañana busca donde acomodarse con él.

Al otro día salió Andrés de la casa, y en el discurso de dos o tres meses salió de otras doscientas por la misma cuestión. Pero todos estos disgustos, y otros mil que es imposible detallar, los compensaban con usura la inteligencia y el cariño del perro; con el cual se distraía como con una persona en sus eternas horas de soledad y fastidio. Juntos comían, juntos descansaban y juntos daban la vuelta a la Ronda, o se marchaban a lo largo del camino de los Carabancheles.

Tertulias, paseos, teatros, cafés, sitios donde no se permitían o estorbaban los perros, estaban vedados para nuestro héroe, que exclamaba algunas veces con toda la efusión de su alma y como correspondiendo a las caricias del suyo:

—¡Animalito! no le falta más que hablar.

— II —

Sería enfadoso explicar cómo, pero es el caso que Andrés mejoró algo de posición, y viéndose con algún dinero, dijo:

—¡Si yo tuviese una mujer! Pero para tener una mujer es preciso mucho; los hombres como yo, antes de elegirla, necesitan un paraíso que ofrecerle, y hacer un paraíso de Madrid cuesta un ojo de la cara... Si pudiera comprar un caballo. ¡Un caballo! No hay animal más noble ni más hermoso. ¡Cómo lo había de querer mi perro, cómo se divertirían el uno con el otro y yo con los dos!

Una tarde fue a los toros y antes de comenzar la función dirigiose maquinalmente al corral, donde esperaban ensillados los que habían de salir a la lidia.

No sé si mis lectores habrán tenido alguna vez la curiosidad de ir a verlos. Yo de mí puedo asegurarles que, sin creerme tan sensible como el protagonista de esta historia, he tenido algunas veces ganas de comprarlos todos. Tal ha sido la lástima que me ha dado de ellos.

Andrés no pudo menos de experimentar una sensación penosísima al encontrarse en aquel sitio. Unos, cabizbajos, con la piel pegada a los huesos y la crin sucia y descompuesta, aguardaban inmóviles su turno, como si presintiesen la desastrosa muerte que había de poner término, dentro de breves horas, a la miserable vida que arrastraban; otros, medio ciegos, buscaban olfateando el pesebre y comían, o, hiriendo el suelo con el casco y dando fuertes resoplidos, pugnaban por desasirse y huir del peligro que olfateaban con horror. Y todos aquellos animales habían sido jóvenes y hermosos. ¡Cuántas manos aristócratas habrían acariciado sus cuellos! ¡Cuántas voces cariñosas los habrían alentado en su carrera, y ahora todo era juramentos por acá, palos por acullá, y por último, la muerte, la muerte con una agonía horrible, acompañada de chanzonetas y silbidos!

—Si piensan algo —decía Andrés—, ¿qué pensarán estos animales en el fondo de su confusa inteligencia, cuando en medio de la plaza se muerden la lengua y expiran con una contracción espantosa? En verdad que la ingratitud del hombre es algunas veces inconcebible.

De estas reflexiones vino a sacarle la aguardentosa voz de uno de los picadores, que juraba y maldecía mientras probaba las piernas de uno de los caballos, dando con el cuento de la garrocha en la pared. El caballo no parecía del todo despreciable; por lo visto, debía de ser loco o tener alguna enfermedad de muerte.

Andrés pensó en adquirirlo. Costar, no debería de costar mucho; pero ¿y mantenerlo? El picador le hundió la espuela en el ijar y se dispuso a salir; nuestro joven vaciló un instante y le detuvo. Cómo lo hizo no lo sé; pero en menos de un cuarto de hora convenció al jinete para que lo dejase, buscó al asentista, ajustó el caballo y se quedó con él.

Creo excusado decir que aquella tarde no vio los toros.

Llevose el caballo; pero el caballo, en efecto, estaba o parecía estar loco.

—Mucha leña en él —le dijo un inteligente.

—Poco de comer —le aconsejó un mariscal.

El caballo seguía en sus trece.

—¡Bah! —exclamó al fin su dueño—: démosle de comer lo que quiera, y dejémosle hacer lo que le dé la gana.

El caballo no era viejo, y comenzó a engordar y a ser más dócil. Verdad que tenía sus caprichos y que nadie podía montarlo más que Andrés; pero decía este:

—Así no me lo pedirán prestado, y en cuanto a rarezas, ya nos iremos acostumbrando mutuamente a las que tenemos. Y llegaron a acostumbrarse de tal modo, que Andrés sabía cuando el caballo tenía ganas de hacer una cosa y cuando no, y a este le bastaba una voz de su dueño para saltar, detenerse o partir al escape, rápido como un huracán.

Del perro no digamos nada: llegó a familiarizarse de tal modo con su nuevo camarada, que ni a beber salían el uno sin el otro. Desde aquel punto, cuando se perdía al escape entre una nube de polvo por el camino de los Carabancheles, y su perro le acompañaba, saltando y se adelantaba para tornar a buscarle o le dejaba pasar para volver a seguirle. Andrés se creía el más feliz de los hombres.

— III —

Pasó algún tiempo; nuestro joven estaba rico o casi rico.

Un día, después de haber corrido mucho, se apeó fatigado junto a un árbol y se recostó a su sombra.

Era un día de primavera, luminoso y azul, de esos en que se respira con voluptuosidad una atmósfera tibia e impregnada de deseos, en que se oyen en las ráfagas del aire como armonías lejanas, en que los limpios horizontes se dibujan con líneas de oro y flotan ante nuestros ojos átomos brillantes de no se qué, átomos que semejan formas transparentes que nos siguen, nos rodean y nos embriagan a un tiempo de tristeza y de felicidad.

—Yo quiero mucho a estos dos seres —exclamó Andrés después de sentarse, mientras acariciaba a su perro con una mano y con la otra le daba a su caballo un puñado de yerbas—, mucho; pero todavía hay un hueco en mi corazón que no se ha llenado nunca; todavía me queda por emplear un cariño más grande, más santo, más puro. Decididamente necesito una mujer.

En aquel momento pasaba por el camino una muchacha con un cántaro en la cabeza.

Andrés no tenía sed, y sin embargo, le pidió agua. La muchacha se detuvo para ofrecérsela, y lo hizo con tanta amabilidad, que nuestro joven comprendió perfectamente uno de los más patriarcales episodios de la Biblia.

—¿Cómo te llamas? —le preguntó así que hubo bebido.

—Plácida.

—¿Y en qué te ocupas?

—Soy hija de un comerciante que murió arruinado y perseguido por sus opiniones políticas. Después de su muerte, mi madre y yo nos retiramos a una aldea, donde lo pasamos bien mal, con una pensión de tres reales por todo recurso.

Mi madre está enferma y yo tengo que hacerlo todo.

—¿Y cómo no te has casado?

—No sé; en el pueblo dicen que no sirvo para trabajar, que soy muy delicada, muy señorita.

La muchacha se alejó después de despedirse.

Mientras la miraba alejarse, Andrés permaneció en silencio; cuando la perdió de vista, dijo con la satisfacción del que resuelve un problema:

—Esa mujer me conviene.

Montó en su caballo, y seguido de su perro se dirigió a la aldea. Pronto hizo conocimiento con la madre y casi tan pronto se enamoró perdidamente de la hija. Cuando al cabo de algunos meses ésta se quedó huérfana, se casó enamorado de su mujer, que es una de las mayores felicidades de este mundo.

Casarse y establecerse en una quinta situada en uno de los sitios más pintorescos de su país, fue obra de algunos días.

Cuando se vio en ella rico, con su mujer, su perro y su caballo, tuvo que restregarse los ojos: creía que soñaba. Tan feliz, tan completamente feliz era el pobre Andrés.

— IV —

Así vivió por espacio de algunos años, dichoso si Dios tenía qué, cuando una noche creyó observar que alguien rondaba su quinta, y más tarde sorprendió a un hombre moldeando el ojo de la cerradura de una puerta del jardín.

—Ladrones tenemos —dijo. Y determinó avisar al pueblo más cercano, donde había una pareja de guardias civiles.

—¿Adónde vas? —le preguntó su mujer.

—Al pueblo.

—¿A qué?

—A dar aviso a los civiles, porque sospecho que alguien nos ronda la quinta.

Cuando la mujer oyó esto, palideció ligeramente. Él, dándole un beso, prosiguió:

—Me marcho a pie, porque el camino es corto. ¡Adiós!, hasta la tarde.

Al pasar por el patio para dirigirse a la puerta, entró un momento en la cuadra, vio a su caballo, y acariciándolo le dijo:

—¡Adiós, pobrecito, adiós!: hoy descansarás, que ayer te di un mate como para ti solo.

El caballo, que acostumbraba a salir todos los días con su dueño, relinchó tristemente al sentirle alejarse.

Cuando Andrés se disponía a abandonar la quinta, su perro comenzó a hacerle fiestas.

—No, no vienes conmigo —exclamó hablándole como si lo entendiese—: cuando vas al pueblo, ladras a los muchachos y corres a las gallinas, y el mejor día del año te van a dar tal golpe, que no te quedan ánimos de volver por otro... No abrirle hasta que yo me marche —prosiguió dirigiéndose a un criado, y cerró la puerta para que no le siguiese.

Ya había dado la vuelta al camino, cuando todavía escuchaba los largos aullidos del perro.

Fue al pueblo, despachó su diligencia, se entretuvo un poco con el alcalde charlando de diversas cosas, y se volvió hacia su quinta. Al llegar a las inmediaciones, extrañó bastante que no saliese el perro a recibirle, el perro que otras veces, como si lo supiera, salía hasta la mitad del camino... Silba..., ¡nada! Entra en la posesión; ¡ni un criado!

—¡Qué diantres será esto! —exclama con inquietud, y se dirige al caserío.

Llega a él, entra en el patio; lo primero que se ofrece a su vista es el perro tendido en un charco de sangre a la puerta de la cuadra. Algunos pedazos de ropa diseminados por el suelo, algunas hilachas pendientes aún de sus fauces, cubiertas de una rojiza espuma, atestiguan que se ha defendido y que al defenderse recibió las heridas que lo cubren.

Andrés lo llama por su nombre; el perro moribundo entreabre los ojos, hace un inútil esfuerzo para levantarse, menea débilmente la cola, lame la mano que lo acaricia y muere.

—Mi caballo, ¿dónde está mi caballo? —exclama entonces con voz sorda y ahogada por la emoción, al ver desierto el pesebre y rota la cuerda que lo sujetaba a él.

Sale de allí como un loco: llama a su mujer, nadie responde; a sus criados, tampoco; recorre toda la casa fuera de sí..., sola, abandonada. Sale de nuevo al camino, ve las señales del casco de su caballo, del suyo, no le cabe duda, porque él conoce o cree conocer hasta las huellas de su animal favorito.

—Todo lo comprendo —dice como iluminado por una idea repentina—; los ladrones se han aprovechado de mi ausencia para hacer su negocio, y se llevan a mi mujer para exigirme por su rescate una gran suma de dinero. ¡Dinero!, mi sangre, la salvación daría por ella. ¡Pobre perro mío! —exclama volviéndolo a mirar, y parte a correr como un desesperado, siguiendo la dirección de las pisadas.

Y corrió, corrió sin descansar un instante en pos de aquellas señales, una hora, dos, tres.

—¿Habéis visto —preguntaba a todo el mundo— a un hombre a caballo con una mujer a la grupa?

—Sí —le respondían.

—¿Por dónde van?

—Por allí.

Y Andrés tomaba nuevas fuerzas, y seguía corriendo.

La noche comenzaba a caer. A la misma pregunta siempre encontraba la misma respuesta; y corría, corría, hasta que al fin divisó una aldea, y junto a la entrada, al pie de una cruz que señalaba el punto en que se dividía en dos el camino, vio un grupo de gente, gañanes, viejos, muchachos, que contemplaban con curiosidad una cosa que él no podía distinguir.

Llega, hace la misma pregunta de siempre, y le dice uno de los del grupo:

—Sí; hemos visto a esa pareja; mirad, por más señas, el caballo que la conducía, que cayó aquí reventado de correr.

Andrés vuelve los ojos en la dirección que le señalaban, y ve en efecto su caballo, su querido caballo, que algunos hombres del pueblo se disponían a desollar para aprovecharse de la piel. No pudo apenas resistir la emoción; pero, reponiéndose enseguida, volvió a asaltarle la idea de su esposa.

—Y decidme —exclamó precipitadamente—, ¿cómo no prestasteis ayuda a aquella mujer desgraciada?

—Vaya si se la prestamos —dijo otro de los del corro—; como que yo les he vendido otra caballería para que prosiguiesen su camino con toda la prisa que al parecer les importa.

—Pero —interrumpió Andrés— esa mujer va robada; ese hombre es un bandido que, sin hacer caso de sus lágrimas y sus lamentos, la arrastra no se adónde.

Los maliciosos patanes cambiaron entre sí una mirada, sonriéndose, de compasión.

—¡Quiá, señorito! ¿Qué historias está usted contando? —prosiguió con sorna su interlocutor—. ¡Robada! Pues ella era la que decía con más ahínco: «Pronto, pronto, huyamos de estos lugares; no me veré tranquila hasta que los pierda de vista para siempre».

Andrés lo comprendió todo; una nube de sangre pasó por delante de sus ojos, de los que no brotó ni una lágrima, y cayó al suelo desplomado como un cadáver.

Estaba loco; a los pocos días, muerto.

Le hicieron la autopsia; no le encontraron lesión orgánica alguna. ¡Ah! Si pudiera hacerse la disección del alma, ¡cuántas muertes semejantes a ésta se explicarían!

—¿Y efectivamente murió de eso? -exclamó el joven, que proseguía jugando con los dijes de su reloj, al concluir mi historia.

Yo le miré como diciendo: ¿Le parece a usted poco? Él prosiguió con cierto aire de profundidad: -¡Es raro! Yo sé lo qué es sufrir; cuando en las últimas carreras, tropezó mi *Herminia*, mató al *jochey* y se quebró una pierna; la desgracia de aquel animal me causó un disgusto horrible; pero, francamente, no tanto..., no tanto.

Aún proseguía mirándole con asombro, cuando hirió mi oído una voz armoniosa y ligeramente velada, la voz de la niña de los ojos azules.

—¡Efectivamente es raro! Yo quiero mucho a mi *Medoro* -dijo dándole un beso en el hocico al enteco y legañoso faldero, que gruñó sordamente-: pero si se muriese o me lo mataran, no creo que me volvería loca ni cosa que lo valga.

Mi asombro rayaba en estupor; aquellas gentes no me habían comprendido o no querían comprenderme.

Al cabo me dirigí al señor que tomaba té, que en razón a sus años debía de ser algo más razonable.

—Y a usted, ¿qué le parece? —le pregunté.

—Le diré a usted —me respondió—: yo soy casado, quise a mi mujer, la aprecio todavía, me parece; tuvo lugar entre nosotros un disgustillo doméstico, que por su publicidad exigía una reparación por mi parte, sobrevino un duelo, tuve la fortuna de herir a mi adversario, un chico excelente, decidor y chistoso si los hay, con quien suelo tomar café algunas noches en la Iberia. Desde entonces dejé de hacer vida común con mi esposa, y me dediqué a viajar... Cuando estoy en Madrid, vivo con ella, pero como dos amigos; y todo esto sin violentarme, sin grandes emociones, sin sufrimientos extraordinarios. Después de este ligero bosquejo de mi carácter y de mi vida. ¡qué le he de decir a usted de esas explosiones fenomenales del sentimiento, sino que todo eso me parece raro, muy raro!

Cuando mi interlocutor acabó de hablar, la niña rubia y el joven que le hacía el amor repasaban juntos un álbum de caricaturas de Gavarni. A los pocos momentos, él mismo servía con una fruición deliciosa la tercera taza de té.

Al pensar que oyendo el desenlace de mi historia habían dicho «¡Es raro!» exclamé yo para mí mismo..., «¡Es natural!».

La promesa

— I —

Margarita lloraba con el rostro oculto entre las manos; lloraba sin gemir, pero las lágrimas corrían silenciosas a lo largo de sus mejillas, deslizándose por entre sus dedos para caer en la tierra, hacia la que había doblado su frente.

Junto a Margarita estaba Pedro, quien levantaba de cuando en cuando los ojos para mirarla y, viéndola llorar, tornaba a bajarlos, guardando a su vez un silencio profundo.

Y todo callaba alrededor y parecía respetar su pena. Los rumores del campo se apagaban; el viento de la tarde dormía, y las sombras comenzaban a envolver los espesos árboles del soto.

Así transcurrieron algunos minutos, durante los cuales se acabó de borrar el rastro de luz que el sol había dejado al morir en el horizonte; la luna comenzó a dibujarse vagamente sobre el fondo violado del cielo del crepúsculo, y unas tras otras fueron apareciendo las mayores estrellas.

Pedro rompió al fin aquel silencio angustioso, exclamando con voz sorda y entrecortada y como si hablase consigo mismo:

—¡Es imposible..., imposible!

Después, acercándose a la desconsolada niña y tomando una de sus manos, prosiguió con acento más cariñoso y suave:

—Margarita, para ti el amor es todo, y tú no ves nada más allá del amor. No obstante, hay algo tan respetable como nuestro cariño, y es mi deber. Nuestro señor el conde de Gómara parte mañana de su castillo para reunir su hueste a las del rey don Fernando, que va a sacar a Sevilla del poder de los infieles, y yo debo partir con el conde. Huérfano oscuro, sin nombre y sin familia, a él le debo cuanto soy. Yo le he servido en el ocio de las paces, he dormido bajo su techo, me he calentado en su hogar y he comido el pan a su mesa. Si hoy le abandono, mañana sus hombres de armas, al salir en tropel por las poternas de su castillo, preguntarán maravillados de no verme: «¿Dónde está el escudero favorito del conde de Gómara?» Y mi señor callará con vergüenza, y sus pajes y sus bufones dirán en son de mofa: «El escudero del conde no es más que un galán de justas, un lidiador de cortesía».

Al llegar a este punto, Margarita levantó sus ojos llenos de lágrimas para fijarlos en los de su amante, y removió los labios como para dirigirle la palabra; pero su voz se ahogó en un sollozo.

Pedro, con acento aún más dulce y persuasivo, prosiguió así:

—No llores, por Dios, Margarita; no llores, porque tus lágrimas me hacen daño. Voy a alejarme de ti; mas yo volveré después de haber conseguido un poco de gloria para mi nombre oscuro.

El cielo nos ayudará en la santa empresa; conquistaremos a Sevilla, y el rey nos dará feudos en las riberas del Guadalquivir a los conquistadores. Entonces volveré en tu busca y nos iremos juntos a habitar en aquel paraíso de los árabes, donde dicen que hasta el cielo es más limpio y más azul que el de Castilla.

Volveré, te lo juro; volveré a cumplir la palabra solemnemente empeñada el día en que puse en tus manos ese anillo, símbolo de una promesa.

—¡Pedro! —exclamó entonces Margarita dominando su emoción y con voz resuelta y firme—. Ve, ve a mantener tu honra.

—Y al pronunciar estas palabras se arrojó por última vez en los brazos de su amante. Después añadió con acento más sordo y conmovido:

—Ve a mantener tu honra; pero vuelve..., vuelve a traerme la mía.

Pedro besó la frente de Margarita, desató su caballo, que estaba sujeto a uno de los árboles del soto, y se alejó al galope por el fondo de la alameda.

Margarita siguió a Pedro con los ojos hasta que su sombra se confundió entre la niebla de la noche; y cuando ya no pudo distinguirle, se volvió lentamente al lugar, donde le aguardaban sus hermanos.

—Ponte tus vestidos de gala —le dijo uno de ellos al entrar—, que mañana vamos a Gómara con todos los vecinos del pueblo para ver al conde, que se marcha a Andalucía.

—A mí más me entristece que me alegra ver irse a los que acaso no han de volver —respondió Margarita con un suspiro.

—Sin embargo —insistió el otro hermano—, has de venir con nosotros, y has de venir compuesta y alegre; así no dirán las gentes murmuradoras que tienes amores en el castillo y que tus amores se van a la guerra.

— II —

Apenas rayaba en el cielo la primera luz del alba cuando empezó a oírse por todo el campo de Gómara la aguda trompetería de los soldados del conde, y los campesinos que llegaban en numerosos grupos de los lugares cercanos vieron desplegarse al viento el pendón señorial en la torre más alta de la fortaleza.

Unos sentados al borde de los fosos, otros subidos en las copas de los árboles, estos vagando por la llanura; aquellos coronando las cumbres de las colinas, los de más allá formando un cordón a lo largo de la calzada, ya haría cerca de una hora que los curiosos esperaban el espectáculo, no sin que algunos comenzaran a impacientarse, cuando volvió a sonar de nuevo el toque de los clarines, rechinaron las cadenas del puente, que cayó con pausa sobre el foso, y se levantaron los rastrillos, mientras se abrían de par en par y gimiendo sobre sus goznes las pesadas puertas del arco que conducía al patio de armas.

La multitud corrió a agolparse en los ribazos del camino para ver más a su sabor las brillantes armaduras y los lujosos arreos del séquito del conde de Gómara, célebre en toda la comarca por su esplendidez y sus riquezas.

Rompieron la marcha los farautes, que, deteniéndose de trecho en trecho, pregonaban en voz alta y a son de caja las cédulas del rey llamando a sus feudatarios a la guerra de moros, y requiriendo a las villas y lugares libres para que diesen paso y ayuda a sus huestes.

A los farautes siguieron los heraldos de corte, ufanos con sus casullas de seda, sus escudos bordados de oro y colores y sus birretes guarnecidos de plumas vistosas.

Después vino el escudero mayor de la casa, armado de punta en blanco, caballero sobre un potro morcillo, llevando en sus manos el pendón de ricohombre con sus motes y sus calderas, y al estribo izquierdo el ejecutor de las justicias del señorío, vestido de negro y rojo.

Precedían al escudero mayor hasta una veintena de aquellos famosos trompeteros de la tierra llana, célebres en las crónicas de nuestros reyes por la increíble fuerza de sus pulmones.

Cuando dejó de herir el viento el agudo clamor de la formidable trompetería comenzó a oírse un rumor sordo, acompasado y uniforme. Eran los peones de la mesnada, armados de largas picas y provistos de sendas adargas de cuero. Tras estos no tardaron en aparecer los aparejadores de las máquinas, con sus herramientas y sus torres de palo, las cuadrillas de escaladores y la gente menuda del servicio de las acémilas.

Luego, envueltos en la nube de polvo que levantaba el casco de sus caballos, y lanzando chispas de luz de sus petos de hierro, pasaron los hombres de armas del castillo, formados en gruesos pelotones, que semejaban a lo lejos un bosque de lanzas.

Por último, precedido de los timbaleros, que montaban poderosas mulas con gualdrapas y penachos, rodeado de sus pajes, que vestían ricos trajes de seda y oro, y seguido de los escuderos de su casa, apareció el conde.

Al verle, la multitud levantó un clamor inmenso para saludarle, y entre el confuso vocerío se ahogó el grito de una mujer, que en aquel momento cayó desmayada y como herida de un rayo en los brazos de algunas personas que acudieron a socorrerla. Era Margarita, Margarita, que había conocido a su misterioso amante en el muy alto y muy temido señor conde de Gómara, uno de los más nobles y poderosos feudatarios de la corona de Castilla.

— III —

El ejército de don Fernando, después de salir de Córdoba, había venido por sus jornadas hasta Sevilla, no sin haber luchado antes en Écija, Carmona y Alcalá del Río de Guadaira, donde, una vez expugnado el famoso castillo, puso los reales a la vista de la ciudad de los infieles.

El conde de Gómara estaba en la tienda sentado en un escaño de alerce, inmóvil, pálido, terrible, las manos cruzadas sobre la empuñadura del montante y los ojos fijos en el espacio, con esa vaguedad del que parece mirar un objeto, y, sin embargo, no ve nada de cuanto hay a su alrededor.

A un lado y de pie le hablaba el más antiguo de los escuderos de su casa, el único que en aquellas horas de negra melancolía hubiera osado interrumpirle sin atraer sobre su cabeza la explosión de su cólera.

—¿Qué tenéis, señor? —le decía—. ¿Qué mal os aqueja y consume? Triste vais al combate, y triste volvéis, aun tornando con la victoria. Cuando todos los guerreros duermen rendidos a la fatiga del día, os oigo suspirar angustiado, y si corro a vuestro lecho, os miro allí luchar con algo invisible que os atormenta. Abrís los ojos, y vuestro terror no se desvanece. ¿Qué os pasa, señor? Decídmelo. Si es un secreto, yo sabré guardarlo en el fondo de mi memoria como en un sepulcro.

El conde parecía no oír al escudero; no obstante, después de un largo espacio, y como si las palabras hubiesen tardado todo aquel tiempo en llegar desde sus oídos a su inteligencia, salió poco a poco de su inmovilidad y, atrayéndole hacia sí cariñosamente, le dijo con voz grave y reposada:

—He sufrido mucho en silencio. Creyéndome juguete de una vana fantasía, hasta ahora he callado por vergüenza; pero no, no es ilusión lo que me sucede. Yo debo de hallarme bajo la influencia de alguna maldición terrible. El cielo o el infierno deben de querer algo de mí, y lo avisan con hechos sobrenaturales. ¿Te acuerdas del día de nuestro encuentro con los moros de Nebrija en el aljarafe de Triana? Éramos pocos; la pelea fue dura, y yo estuve a punto de perecer. Tú lo viste: en lo más reñido del combate, mi caballo, herido y ciego de furor, se precipitó hacia el grueso de la hueste mora. Yo pugnaba en balde por contenerle; las riendas se habían escapado de mis manos, y el fogoso animal corría llevándome a una muerte segura. Ya los moros, cerrando sus escuadrones, apoyaban en tierra el cuenco de sus largas picas para recibirme en ellas; una nube de saetas silbaba en mis oídos; el caballo estaba a algunos pies de distancia cuando..., créeme, no fue una ilusión, vi una mano que, agarrándole de la brida, lo detuvo con una fuerza sobrenatural y, volviéndole en dirección a las filas de mis soldados, me salvó milagrosamente. En vano pregunté a unos y otros por mi salvador; nadie le conocía, nadie le había visto. «Cuando volabais a estrellaros en la muralla de picas —me dijeron— ibais solo, completamente solo; por eso nos maravillamos al veros tornar, sabiendo que ya el corcel no obedecía al jinete». Aquella noche entré preocupado en mi tienda; quería en vano arrancarme de la imaginación el recuerdo de la extraña aventura; mas al dirigirme al lecho torné a ver la misma mano, una mano hermosa, blanca hasta la palidez, que descorrió las cortinas, desapareciendo después de descorrerlas. Desde entonces, a todas horas, en todas partes, estoy viendo esa mano misteriosa que previene mis deseos y se adelanta a mis acciones. La he visto, al expugnar el castillo de Triana, coger entre sus dedos y partir en el aire una saeta que venía a herirme; la he visto, en los banquetes donde procuraba ahogar mi pena entre la confusión y el tumulto, escanciar el vino en mi copa, y siempre se halla delante de mis ojos, y por donde voy me sigue: en la tienda, en el combate, de día, de noche... Ahora mismo, mírala, mírala aquí apoyada suavemente en mis hombros.

Al pronunciar estas últimas palabras, el conde se puso de pie y dio algunos pasos como fuera de sí y embargado de un terror profundo.

El escudero se enjugó una lágrima que corría por sus mejillas. Creyendo loco a su señor, no insistió, sin embargo, en contrariar sus ideas, y se limitó a decirle con voz profundamente conmovida:

—Venid..., salgamos un momento de la tienda; acaso la brisa de la tarde refrescará vuestras sienes, calmando ese incomprensible dolor, para el que yo no hallo palabras de consuelo.

— IV —

El real de los cristianos se extendía por todo el campo de Guadaira, hasta tocar en la margen izquierda del Guadalquivir. Enfrente del real y destacándose sobre el luminoso horizonte se alzaban los muros de Sevilla flanqueados de torres almenadas y fuertes. Por encima de la corona de almenas rebosaba la verdura de los mil jardines de la morisca ciudad, y entre las oscuras manchas del follaje lucían los miradores blancos como la nieve, los minaretes de las mezquitas y la gigantesca atalaya, sobre cuyo aéreo pretil alzaban chispas de luz, heridas por el sol, las cuatro grandes bolas de oro, que desde el campo de los cristianos parecían cuatro llamas.

La empresa de don Fernando, una de las más heroicas y atrevidas de aquella época, había traído a su alrededor a los más célebres guerreros de los diferentes reinos de la Península, no faltando algunos que de países extraños y distantes vinieran también, llamados por la fama, a unir sus esfuerzos a los del santo rey.

Tendidas a lo largo de la llanura, mirábanse, pues, tiendas de campaña de todas formas y colores, sobre el remate de las cuales ondeaban al viento distintas enseñas con escudos partidos, astros, grifos, leones, cadenas, barras y calderas, y otras cien y cien figuras o símbolos heráldicos que pregonaban el nombre y la calidad de sus dueños. Por entre las calles de aquella improvisada ciudad circulaban en todas direcciones multitud de soldados, que, hablando dialectos diversos y vestidos cada cual al uso de su país, y cada cual armado a su guisa, formaban un extraño y pintoresco contraste.

Aquí descansaban algunos señores de las fatigas del combate sentados en escaños de alerce a la puerta de sus tiendas y jugando a las tablas, en tanto que sus pajes les escanciaban el vino en copas de metal; allí algunos peones aprovechaban un momento de ocio para aderezar y componer sus armas, rotas en la última refriega; más allá cubrían de saetas un blanco los más expertos ballesteros de la hueste entre las aclamaciones de la multitud, pasmada de su destreza; y el rumor de los tambores, el clamor de las trompetas, las voces de los mercaderes ambulantes, el galopar del hierro contra el hierro, los cánticos de los juglares que entretenían a sus oyentes con la relación de hazañas portentosas, y los gritos de los farautes que publicaban las ordenanzas de los maestros del campo, llenando los aires de mil y mil ruidos discordes, prestaban a aquel cuadro de costumbres guerreras una vida y una animación imposibles de pintar con palabras.

El conde de Gómara, acompañado de su fiel escudero, atravesó por entre los animados grupos sin levantar los ojos de la tierra, silencioso, triste, como si ningún objeto hiriese su vista ni llegase a su oído el rumor más leve. Andaba maquinalmente, a la manera que un sonámbulo, cuyo espíritu se agita en el mundo de los sueños, se mueve y marcha sin la conciencia de sus acciones y como arrastrado por una voluntad ajena a la suya.

Próximo a la tienda del rey y en medio de un corro de soldados, pajecillos y gente menuda que le escuchaban con la boca abierta, apresurándose a comprarle algunas baratijas que anunciaba a voces y con hiperbólicos encomios, había un extraño personaje, mitad romero, mitad juglar, que, ora recitando una especie de letanía en latín bárbaro, ora diciendo una bufonada o una chocarrería, mezclaba en su interminable relación chistes capaces de poner colorado a un ballestero, con oraciones devotas; historias de amores picarescos, con leyendas de santos. En las inmensas alforjas que colgaban de sus hombros se hallaban revueltos y confundidos mil objetos diferentes: cintas tocadas en el sepulcro de Santiago; cédulas con palabras que él decía ser hebraicas, las mismas que dijo el rey Salomón cuando fundaba el templo, y las únicas para libertarse de toda clase de enfermedades contagiosas; bálsamos maravillosos para pegar a hombres partidos por la mitad; Evangelios cosidos en bolsitas de brocatel; secretos para hacerse amar de todas las mujeres; reliquias de los santos patronos de todos los lugares de España; joyuelas, cadenillas, cinturones, medallas y otras muchas baratijas de alquimia de vidrio y de plomo.

Cuando el conde llegó cerca del grupo que formaban el romero y sus admiradores, comenzaba este a templar una especie de bandolina o guzla árabe con que se acompaña en la relación de sus romances. Después que hubo estirado bien las cuerdas unas tras otras y con mucha calma, mientras su acompañante daba la vuelta al corro sacando los últimos cornados de la flaca escarcela de los oyentes, el romero empezó a cantar con voz gangosa y con un aire monótono y plañidero un romance que siempre terminaba con el mismo estribillo.

El conde se acercó al grupo y prestó atención. Por una coincidencia, al parecer extraña, el título de aquella historia respondía en un todo a los lúgubres pensamientos que embargaban su ánimo. Según había anunciado el cantor antes de comenzar, el romance se titulaba el *Romance de la mano muerta*.

Al oír el escudero tan extraño anuncio, pugnó por arrancar a su señor de aquel sitio; pero el conde, con los ojos fijos en el juglar, permaneció inmóvil, escuchando esta cantiga:

— I —

La niña tiene un amante
que escudero se decía;
el escudero le anuncia
que a la guerra se partía.

—Te vas y acaso no tornes.
—Tornaré por vida mía.
Mientras el amante jura,
diz que el viento repetía:
¡Mal haya quien en promesas de hombre fía!

— II —

El conde con la mesnada
de su castillo salía:
ella, que le ha conocido,
con gran aflicción gemía:
—¡Ay de mí, que se va el conde
y se lleva la honra mía!
Mientras la cuitada llora,
diz que el viento repetía:
¡Mal haya quien en promesas de hombre fía!

— III —

Su hermano, que estaba allí,
éstas palabras oía:
—Nos has deshonrado, dice.

—Me juró que tornaría.
—No te encontrará, si torna,
donde encontrarte solía.
Mientras la infelice muere,
diz que el viento repetía:
¡Mal haya quien en promesas de hombre fía!

— IV —

Muerta la llevan al soto,
la han enterrado en la umbría;
por más tierra que la echaban,
la mano no se cubría:
la mano donde un anillo
que le dio el conde tenía.
De noche, sobre la tumba,
diz que el viento repetía:
¡Mal haya quien en promesas de hombre fía!

Apenas el cantor había terminado la última estrofa cuando, rompiendo el muro de curiosos que se apartaban con respeto al reconocerle, el conde llegó adonde se encontraba el romero y, cogiéndole con fuerza del brazo, le preguntó en voz baja y convulsa:

—¿De qué tierra eres?

—De tierra de Soria —le respondió este sin alterarse.

—¿Y dónde has aprendido ese romance? ¿A quién se refiere la historia que cuentas? —volvió a exclamar su interlocutor, cada vez con muestras de emoción más profunda.

—Señor —dijo el romero clavando sus ojos en los del conde con una fijeza imperturbable—: esta cantiga la repiten de unos en otros los aldeanos del campo de Gómara, y se refiere a una desdichada cruelmente ofendida por un poderoso. Altos juicios de Dios han permitido que al enterrarla quedase siempre fuera de la sepultura la mano en que su amante le puso un anillo al hacerle una promesa. Vos sabréis quizá a quién toca cumplirla.

— V —

En un lugarejo miserable y que se encuentra a un lado del camino que conduce a Gómara he visto no hace mucho el sitio en donde se asegura tuvo lugar la extraña ceremonia del casamiento del conde.

Después que este, arrodillado sobre la humilde fosa, estrechó en la suya la mano de Margarita, y un sacerdote autorizado por el Papa bendijo la lúgubre unión, es fama que cesó el prodigio, y *la mano muerta* se hundió para siempre.

Al pie de unos árboles añosos y corpulentos hay un pedacito de prado que, al llegar la primavera, se cubre espontáneamente de flores.

La gente del país dice que allí está enterrada Margarita.

El gnomo

— I —

Las muchachas del lugar volvían de la fuente con sus cántaros en la cabeza, volvían cantando y riendo con un ruido y una algazara que sólo pudieran compararse a la alegre algarabía de una banda de golondrinas cuando revolotean espesas como el granizo alrededor de la veleta de un campanario.

En el pórtico de la iglesia, y sentado al pie de un enebro, estaba el tío Gregorio. El tío Gregorio era el más viejecito del lugar: tenía cerca de noventa navidades, el pelo blanco, la boca de risa, los ojos alegres y las manos temblonas. De niño fue pastor, de joven soldado; después cultivó una pequeña heredad, patrimonio de sus padres, hasta que, por último, le faltaron las fuerzas y se sentó tranquilo a esperar la muerte, que ni temía ni deseaba. Nadie contaba un chascarrillo con más gracia que él, ni sabía historias más estupendas, ni traía a cuento tan oportunamente un refrán, una sentencia o un adagio.

Las muchachas, al verle, apresuraron el paso con ánimo de irle a hablar, y cuando estuvieron en el pórtico, todas comenzaron a suplicarle que les contase una historia con que entretener el tiempo que aún faltaba para hacerse de noche, que no era mucho, pues el sol poniente hería de soslayo la tierra, y las sombras de los montes se dilataban por momentos a lo largo de la llanura.

El tío Gregorio escuchó sonriendo la petición de las muchachas, las cuales, una vez obtenida la promesa de que les refería alguna cosa, dejaron los cántaros en el suelo, y sentándose a su alrededor formaron un corro, en cuyo centro quedó el viejecito, que comenzó a hablarles de esta manera:

—No os contaré una historia, porque aunque recuerdo algunas en este momento, atañen a cosas tan graves, que ni vosotras, que sois unas locuelas, me prestaríais atención para escucharlas, ni a mí, por lo avanzado de la tarde, me quedaría espacio para referirlas. Os daré en su lugar un consejo.

—¡Un consejo! —exclamaron las muchachas con aire visible de mal humor—. ¡Bah!, no es para oír consejos para lo que nos hemos detenido; cuando nos hagan falta ya nos los dará el señor cura.

—Es —prosiguió el anciano con su habitual sonrisa y su voz cascada y temblona— que el señor cura acaso no sabría dárosle en esta ocasión tan oportuna como os lo puede dar el tío Gregorio; porque él, ocupado en sus rezos y letanías, no habrá echado, como yo, de ver que cada día vais por agua a la fuente más temprano y volvéis más tarde.

Las muchachas se miraron entre sí con una imperceptible sonrisa de burla: no faltando algunas de las que estaban colocadas a sus espaldas que se tocasen la frente con el dedo, acompañando su acción con un gesto significativo.

—¿Y qué mal encontráis en que nos detengamos en la fuente charlando un rato con las amigas y vecinas?... —dijo una de ellas—. ¿Andan acaso chismes en el lugar porque los mozos salen al camino a echarnos flores o vienen a brindarse para traer nuestros cántaros hasta la entrada del pueblo?

—De todo hay —contestó el viejo a la moza que le había dirigido la palabra en nombre de sus compañeras—. Las viejas del lugar murmuran de que hoy vayan las muchachas a loquear y entretenerse a un sitio al cual ellas llegaban de prisa y temblando a tomar el agua, pues sólo de allí puede traerse; y yo encuentro mal que perdáis poco a poco el temor que a todos inspira el sitio donde se halla la fuente, porque podría acontecer que alguna vez os sorprendiese en él la noche.

El tío Gregorio pronunció estas últimas palabras con un tono tan lleno de misterio, que las muchachas abrieron los ojos espantadas para mirarle, y con mezcla de curiosidad y burla tornaron a insistir:

—¡La noche! ¿Pues qué pasa de noche en ese sitio, que tales aspavientos hacéis y con tan temerosas y oscuras palabras nos habláis de lo que allí podría acontecernos? ¿Se nos comerán acaso los lobos?

—Cuando el Moncayo se cubre de nieve, los lobos, arrojados de sus guaridas, bajan en rebaños por su falda, y más de una vez los hemos oído aullar en horroroso concierto, no sólo en los alrededores de la fuente, sino en las mismas calles del lugar; pero no son los lobos los huéspedes más terribles del Moncayo: en sus profundas simas, en sus cumbres solitarias y ásperas, en su hueco seno, viven unos espíritus diabólicos que durante la noche bajan por sus vertientes como un enjambre, y pueblan el vacío, y hormiguean en la llanura, y saltan de roca en roca, juegan entre las aguas o se mecen en las desnudas ramas de los árboles. Ellos son los que aúllan en las grietas de las peñas; ellos los que forman y empujan esas inmensas bolas de nieve que bajan rodando desde los altos picos y arrollan y aplastan cuanto encuentran a su paso; ellos los que llaman con el granizo a nuestros cristales en las noches de lluvia y corren como llamas azules y ligeras sobre el haz de los pantanos. Entre estos espíritus que, arrojados de las llanuras por las bendiciones y los exorcismos de la Iglesia, han ido a refugiarse a las crestas inaccesibles de las montañas, los hay de diferente naturaleza y que al parecer a nuestros ojos se revisten de formas variadas. Los más peligrosos, sin embargo, los que se insinúan con dulces palabras en el corazón de las jóvenes y las deslumbran con promesas magníficas, son los gnomos. Los gnomos viven en las entrañas de los montes; conocen sus caminos subterráneos, y, eternos guardadores de los tesoros que encierran, velan día y noche junto a los veneros de los metales y las piedras preciosas. ¿Veis? -prosiguió el viejo señalando con el palo que le servía de apoyo la cumbre del Moncayo, que se levantaba a su derecha, destacándose oscuro y gigantesco sobre el cielo violado y brumoso del crepúsculo-, ¿veis esa inmensa mole coronada aún de nieve?, pues en su seno tienen sus moradas esos diabólicos espíritus. El palacio que habitan es horroroso y magnífico a la vez.

Hace muchos años que un pastor, siguiendo a una res extraviada, penetró por la boca de una de esas cuevas, cuyas entradas cubren espesos matorrales y cuyo fin no ha visto ninguno. Cuando volvió al lugar, estaba pálido como la muerte; había sorprendido el secreto de los gnomos; había respirado su envenenada atmósfera, y pagó su atrevimiento con la vida; pero antes de morir refirió cosas estupendas. Andando por aquella caverna adelante, había encontrado al fin unas galerías subterráneas e inmensas, alumbradas con un resplandor dudoso y fantástico, producido, por la fosforescencia de las rocas, semejantes allí a grandes pedazos de cristal cuajado de en mil formas caprichosas y extrañas. El suelo, la bóveda y las paredes de aquellos extensos salones, obra de la Naturaleza, parecían jaspeados como los mármoles más ricos; pero las vetas que los cruzaban eran de oro y plata, y entre aquellas vetas brillantes se veían como incrustadas multitud de piedras preciosas de todos los colores y tamaños. Allí había jacintos y esmeraldas en montón, y diamantes, y rubíes, y zafiros, y qué sé yo, otras muchas piedras desconocidas que él no supo nombrar; pero tan grandes y tan hermosas, que sus ojos se deslumbraron al contemplarlas. Ningún ruido exterior llegaba al fondo de la fantástica caverna; sólo se percibían a intervalos unos gemidos largos y lastimosos del aire que discurría por aquel laberinto encantado, un rumor confuso de fuego subterráneo que hervía comprimido, y murmullos de aguas corrientes que pasaban sin saberse por dónde.

El pastor, solo y perdido en aquella inmensidad, anduvo no sé cuantas horas sin hallar la salida, hasta que por último tropezó con el nacimiento del manantial cuyo murmullo había oído. Éste brotaba del suelo como una fuente maravillosa, con un salto de agua coronado de espuma, que caía firmando una vistosa cascada y produciendo un murmullo sonoro al alejarse resbalando por entre las quebraduras de las peñas. A su alrededor crecían unas plantas nunca vistas, con hojas anchas y gruesas las unas, delgadas y largas como cintas flotantes las otras. Medio escondidos entre aquella húmeda frondosidad discurrían unos seres extraños, en parte hombres, en parte reptiles, o ambas cosas a la vez, pues transformándose continuamente, ora parecían criaturas humanas, deformes y pequeñuelas, ora salamandras luminosas o llamas fugaces que danzaban en círculos sobre la cúspide del surtidor. Allí, agitándose en todas direcciones, corriendo por el suelo en forma de enanos repugnantes y contrahechos, encaramándose en las paredes, babeando y retorciéndose en figura de reptiles, o bailando con apariencia de fuegos fatuos sobre el haz del agua, andaban los gnomos, señores de aquellos lugares, cantando y removiendo sus fabulosas riquezas. Ellos saben dónde guardan los avaros esos tesoros que en vano buscan después los herederos; ellos conocen el lugar donde los moros, antes de huir, ocultaron sus joyas; y las alhajas que se pierden, las monedas que se extravían, todo lo que tiene algún valor y desaparece, ellos son los que lo buscan, lo encuentran y lo roban, para esconderlo en sus guaridas, porque ellos saben andar todo el mundo por debajo de la tierra y por caminos secretos e ignorados. Allí tenían, pues, hacinados en montón toda clase de objetos raros y preciosos. Había joyas de un valor inestimable, collares y gargantillas de perlas y piedras finas; ánforas de oro, de forma antiquísima, llenas de rubíes; copas cinceladas, armas ricas, monedas con bustos y leyendas imposibles de conocer o descifrar; tesoros, en fin, tan fabulosos e inmensos, que la imaginación apenas puede concebirlos. Y todo brillaba a la vez lanzando unas chispas de colores y unos reflejos tan vivos, que parecía como que todo estaba ardiendo y se movía y temblaba. Al menos, el pastor refirió que así le había parecido.

Al llegar aquí el anciano se detuvo un momento: las muchachas, que comenzaron por oír la relación del tío Gregorio con una sonrisa de burla, guardaban entonces un profundo silencio, esperando a que continuase, con los ojos espantados, los labios ligeramente entreabiertos y la curiosidad y el interés pintados en el rostro. Una de ellas rompió al fin el silencio y exclamó sin poderse contener, entusiasmada al oír la descripción de las fabulosas riquezas que se habían ofrecido a la vista del pastor:

—Y qué, ¿no se trajo nada de aquello?

—Nada -contestó el tío Gregorio.

—¡Qué tonto! —exclamaron en coro las muchachas.

—El cielo le ayudó en el trance —prosiguió el anciano—, pues en aquel momento en que la avaricia, que a todo se sobrepone, comenzaba a disipar su miedo, y alucinado a la vista de aquellas joyas, de las cuales una sola bastaría a hacerle poderoso, el pastor iba a apoderarse de algunas, dice que oyó, ¡maravillaos del suceso!, oyó claro y distinto en aquellas profundidades, y a pesar de las carcajadas y las voces de los gnomos, del hervidero del fuego subterráneo, del rumor de las aguas corrientes y de los lamentos del aire, oyó, digo, como si estuviese al pie de la colina en que se encuentra, el clamor de la campana que hay en la ermita de Nuestra Señora del Moncayo.

Al oír la campana que tocaba el Ave-María, el pastor cayó al suelo invocando a la Madre de Nuestro Señor Jesucristo, y sin saber cómo ni por dónde se encontró fuera de aquellos lugares, y en el camino que conduce al pueblo, echado en una senda y presa de un gran estupor, como si hubiera salido de un sueño.

Desde entonces se explicó todo el mundo por qué la fuente del lugar trae a veces entre sus aguas como un polvo finísimo de oro; y cuando llega la noche, en el rumor que produce, se oyen palabras confusas, palabras engañosas con que los gnomos que la inficionan desde su nacimiento procuran seducir a los incautos que les prestan oídos, prometiéndoles riquezas y tesoros que han de ser su condenación.

Cuando el tío Gregorio llegaba a este punto de su historia, ya la noche había entrado y la campana de la iglesia comenzó a tocar las oraciones. Las muchachas se persignaron devotamente, murmurando un Ave-María en voz baja, y después de despedirse del tío Gregorio, que les tornó a aconsejar que no perdieran el tiempo en la fuente, cada cual tomó su cántaro, y todas juntas salieron silenciosas y preocupadas del atrio de la iglesia. Ya lejos del sitio en que se encontraron al viejecito, y cuando estuvieron en la plaza del lugar donde habían de separarse, exclamó la más resuelta y decidora de ellas:

—¿Vosotras creéis algo de las tonterías que nos ha contado el tío Gregorio?

—¡Yo no! —dijo una.

—¡Yo tampoco! —exclamó otra.

—¡Ni yo! ¡Ni yo! —repitieron las demás, burlándose con risas de su credulidad de un momento.

El grupo de las mozuelas se disolvió alejándose cada cual hacia uno de los extremos de la plaza. Luego que doblaron las esquinas de las diferentes calles que venían a desembocar a aquel sitio, dos muchachas, las únicas que no habían desplegado aún los labios para protestar con sus burlas de la veracidad del tío Gregorio, y que, preocupadas con la maravillosa relación, parecían absortas en sus ideas, se marcharon juntas y con esa lentitud propia de las personas distraídas, por una calleja sombría, estrecha y tortuosa.

De aquellas dos muchachas, la mayor, que parecía tener unos veinte años, se llamaba Marta; y la más pequeña, que aún no había cumplido los dieciséis, Magdalena.

El tiempo que duró el camino, ambas guardaron un profundo silencio; pero cuando llegaron a los umbrales de su casa y dejaran los cántaros en el asiento de piedra del portal, Marta dijo a Magdalena:

—¿Y tú crees en las maravillas del Moncayo y en los espíritus de la fuente?...

—Yo —contestó Magdalena con sencillez—, yo creo en todo. ¿Dudas tú acaso?

—¡Oh, no! —se apresuró a interrumpir Marta—; yo también creo en todo, en todo lo que deseo creer.

— II —

Marta y Magdalena eran hermanas. Huérfanas desde los primeros años de la niñez, vivían miserablemente a la sombra de una parienta de su madre que las había recogido por caridad, y que a cada paso les hacía sentir con sus dicterios y sus humillantes palabras el peso de su beneficio. Todo parecía contribuir a que se estrechasen los lazos del cariño entre aquellas dos almas hermanas, no sólo por el vínculo de la sangre, sino por los de la miseria y el sufrimiento, y, sin embargo, entre Marta y Magdalena existían una sorda emulación, una secreta antipatía que sólo pudiera explicar el estudio de sus caracteres, tan en absoluta contraposición como sus tipos.

Marta era altiva, vehemente en sus inclinaciones y de una rudeza salvaje en la expresión de sus afectos: no sabía ni reír ni llorar, y por eso no había llorado ni reído nunca. Magdalena, por el contrario, era humilde, amante, bondadosa, y en más de una ocasión se la vio llorar y reír a la vez como los niños.

Marta tenía los ojos más negros que la noche, y de entre sus oscuras pestañas diríase que a intervalos saltaban chispas de fuego como de un carbón ardiente.

La pupila azul de Magdalena parecía nadar en un fluido de luz dentro del cerco de oro de sus pestañas rubias. Y todo era en ellas armónico con la diversa expresión de sus ojos. Marta, enjuta de carnes, quebrada de color, de estatura esbelta, movimientos rígidos y cabellos crespos y oscuros, que sombreaban su frente y caían por sus hombros como un manto de terciopelo: formaba un singular contraste con Magdalena, blanca, rosada, pequeña, infantil en su fisonomía y sus formas, y con unas trenzas rubias que rodeaban sus sienes, semejantes al nimbo dorado de la cabeza de un ángel.

A pesar de la inexplicable repulsión que sentían la una por la otra, las dos hermanas habían vivido hasta entonces en una especie de indiferencia, que hubiera podido confundirse con la paz y el afecto: no habían tenido caricias que disputarse, ni preferencias que envidiar; iguales en la desgracia y el dolor. Marta se había encerrado para sufrir en un egoísta y altivo silencio: y Magdalena, encontrando seco el corazón de su hermana, lloraba a solas cuando las lágrimas se agolpaban involuntariamente a sus ojos.

Ningún sentimiento era común entre ellas; nunca se confiaron sus alegrías y sus pesares, y sin embargo, el único secreto que procuraban esconder en lo más profundo del corazón, se lo habían adivinado mutuamente con ese instinto maravilloso de la mujer enamorada y celosa. Marta y Magdalena tenían efectivamente puestos sus ojos en un mismo hombre.

La pasión de la una era el deseo tenaz, hijo de un carácter indomable y voluntarioso; en la otra, el cariño se parecía a esa vaga y espontánea ternura de la adolescencia, que necesitando un objeto en qué emplearse, ama el primero que se ofrece a su vista. Ambas guardaban el secreto de su amor, porque el hombre que lo había inspirado tal vez hubiera hecho mofa de un cariño que se podía interpretar como ambición absurda en unas muchachas plebeyas y miserables. Ambas, a pesar de la distancia que las separaba del objeto de su pasión, alimentaban una esperanza remota de poseerle.

Cerca del lugar, y sobre un alto que dominaba los contornos, había un antiguo castillo abandonado por sus dueños. Las viejas, en las noches de velada, referían una historia llena de maravillas acerca de sus fundadores. Contaban que hallándose el rey de Aragón en guerra con sus enemigos, agotados ya sus recursos, abandonado de sus parciales y próximo a perder el trono, se le presentó un día una pastorcita de aquella comarca, y después de revelarle la existencia de unos subterráneos por donde podía atravesar el Moncayo sin que lo advirtiesen sus enemigos, le dio un tesoro en perlas finas, riquísimas piedras preciosas y barras de oro y plata, con las cuales el rey pagó sus mesnadas, levantó un poderoso ejército, y marchando por debajo de la tierra durante toda una noche, cayó al otro día sobre sus contrarios y los desbarató, asegurando la corona en su cabeza.

Después que hubo alcanzado tan señalada victoria, cuentan que dijo el rey a la pastorcita: -Pídeme lo que quieras, que, aun cuando fuese la mitad de mi reino, juro que te lo he de dar al instante.

—Yo no quiero más que volverme a cuidar de mi rebaño —respondió la pastorcita—. No cuidarás sino de mis fronteras -replicó el rey, y le dio el señorío de toda la raya, y le mandó edificar una fortaleza en el pueblo más fronterizo a

Castilla, adonde se trasladó la pastora, casada ya con uno de los favoritos del rey, noble, galán, valiente y señor asimismo de muchas fortalezas y muchos feudos.

La estupenda relación del tío Gregorio acerca de los gnomos del Moncayo, cuyo secreto estaba en la fuente del lugar, exaltó nuevamente las locas fantasías de las dos enamoradas hermanas, completando, por decirlo así, la ignorada historia del tesoro hallado por la pastorcita de la conseja: tesoro cuyo recuerdo había turbado más de una vez sus noches de insomnio y de amargura, presentándose a su imaginación como un débil rayo de esperanza.

La noche siguiente a la tarde del encuentro con el tío Gregorio, todas las muchachas del lugar hicieron conversación en sus casas de la estupenda historia que los había referido. Marta y Magdalena guardaron un profundo silencio; y ni en aquella noche, ni en todo el día que amaneció después, volvieron a cambiar una sola palabra relativa al asunto, tema de todas las conversaciones y objeto de los comentarios de sus vecinas.

Cuando llegó la hora de costumbre, Magdalena tomó su cántaro y le dijo a su hermana:

—¿Vamos a la fuente?

Marta no contestó, y Magdalena volvió a decirle:

—¿Vamos a la fuente? Mira que si no nos apresuramos se pondrá el sol antes de la vuelta.

Marta exclamó al fin con un acento breve y áspero:

—Yo no quiero ir hoy.

—Ni yo tampoco —añadió Magdalena después de un instante de silencio, durante el cual mantuvo los ojos clavados en los de su hermana, como si quisiera adivinar en ellos la causa da su resolución.

— III —

Las muchachas del lugar hacía cerca de una hora que estaban de vuelta en sus casas. La última luz del crepúsculo se había apagado en el horizonte, y la noche comenzaba a cerrar de cada vez más oscura, cuando Marta y Magdalena, esquivándose mutuamente y cada cual por diverso camino, salieron del pueblo con dirección a la fuente misteriosa. La fuente brotaba escondida entre unos riscos cubiertos de musgo en el fondo de una larga alameda. Después que se fueron apagando poco a poco los rumores del día y ya no se escuchaba el lejano eco de la voz de los labradores que vuelven caballeros en sus yuntas cantando al compás del timón del arado que arrastran por la tierra; después que se dejó de percibir el monótono ruido de las esquililllas del ganado, y las voces de los pastores, y el ladrido de los perros que reúnen las reses, y sonó en la torre del lugar la postrera campanada del toque de oraciones, reinó ese doble y augusto silencio de la noche y la soledad; silencio lleno de murmullos extraños y leves que lo hacen aún más perceptibles.

Marta y Magdalena deslizaron por entre el laberinto de los árboles, y, protegidas por la oscuridad, llegaron sin verse al fin de la alameda. Marta no conocía el temor, y sus pasos eran firmes y seguros. Magdalena temblaba con sólo el ruido que producían sus pies al hollar las hojas secas que tapizaban el suelo. Cuando las dos hermanas estuvieron junto a la fuente, el viento de la noche comenzó a agitar las copas de los álamos, y al murmullo de sus soplos desiguales parecía responder el agua del manantial con un rumor compasado y uniforme.

Marta y Magdalena se prestaron atención a aquellos ruidos que pasaban bajo sus pies como un susurro constante, y sobre sus cabezas como un lamento que nacía y se apagaba para tornar y crecer y dilatarse por la espesura. A medida que transcurrían las horas, aquel sonar eterno del aire y del agua empezó a producirse una extraña exaltación, una especie de vértigo, que, turbando la vista y zumbando en el oído, parecía trastornarlas por completo. Entonces, a la manera que se oye hablar entre sueños con un eco lejano y confuso, les pareció percibir entre aquellos rumores sin nombre sonidos inarticulados como los de un niño que quiere y no puede llamar a su madre; luego palabras que se repetían una vez y otra, siempre lo mismo; después frases inconexas y dislocadas sin orden ni sentido, y por último... por último comenzaron a hablar el viento vagando entre los árboles y el agua saltando de risco en risco.

Y hablaban así:

EL AGUA.- ¡Mujer!..., ¡mujer!..., óyeme..., óyeme y acércate para oírme, que yo besaré tus pies mientras tiemblo al copiar tu imagen en el fondo sombrío de mis ondas ¡Mujer!..., óyeme, que mis murmullos son palabras.

EL VIENTO.- ¡Niña!... niña gentil, levanta tu cabeza, déjame en paz besar tu frente, en tanto que agito tus cabellos. Niña gentil, escúchame, que yo sé hablar también y murmuraré al oído frases cariñosas.

MARTA.- ¡Oh! ¡Habla, habla que yo te comprenderé porque mi inteligencia flota en un vértigo, como flotan tus palabras indecisas! Habla, misteriosa corriente.

MAGDALENA.- Tengo miedo. ¡Aire de la noche, aire de perfumes, refrescan mi frente que arde! Dime algo que me infunda valor porque mi espíritu vacila.

EL AGUA.- Yo he cruzado el tenebroso seno de la tierra, he sorprendido el secreto de su maravillosa fecundidad, y conozco los fenómenos de sus entrañas, donde germinan las futuras creaciones.

Mi rumor adormece y despierta: despierta tú, que lo comprendes.

EL VIENTO.- Yo soy el aire que mueven los ángeles con sus alas inmensas al cruzar el espacio. Yo amontono en el Occidente las nubes que ofrecen al sol un lecho de púrpura, y traigo al amanecer, con las neblinas que se deshacen en gotas, una lluvia de perlas sobre las flores, mis suspiros son un bálsamo: ábreme tu corazón y le inundaré de felicidad.

MARTA.- Cuando yo oí por primera vez el murmullo de una corriente subterránea, no en balde me inclinaba a la tierra prestándole oído. Con ella iba un misterio que yo debía comprender al cabo.

MAGDALENA.- Suspiros del viento, yo os conozco: vosotros me acariciabais dormida cuando, fatigada por el llanto, me rendía al sueño en mi niñez, y vuestro rumor se me figuraban las palabras de una madre que arrulla a su hija.

El agua enmudeció por algunos instantes, y no sonaba sino como agua que se rompe entre peñas. El viento calló también, y su ruido no fue otra cosa que ruido de hojas movidas. Así pasó algún tiempo, y después volvieron a hablar, y hablaron así:

EL AGUA.- Después de filtrarme gota a gota a través del filón de oro de una mina inagotable; después de correr por un lecho de plata y saltar como sobre guijarros entre un sin número de zafiros y amatistas, arrastrando en vez de arenas diamantes y rubíes, me he unido en misterioso consorcio a un genio. Rica con su poder y con las ocultas virtudes de las piedras preciosas y los metales, de cuyos átomos vengo saturada, puedo ofrecerte cuanto ambicionas. Yo tengo la fuerza de un conjuro, el poder de un talismán y la virtud de las siete piedras y los siete colores.

EL VIENTO.- Yo vengo de vagar por la llanura, y, como la abeja que vuelve a la colmena con su botín de perfumadas mieles, traigo suspiros de mujer, plegarias de niños, palabras de casto amor y aromas de nardos y azucenas silvestres. Yo no he recogido a mi paso más que perfumes y ecos de armonías; mis tesoros son inmateriales, pero ellos dan la paz del alma y la vaga felicidad de sueños venturosos.

Mientras su hermana, atraída como por un encanto, se inclinaba al borde de la fuente para oír mejor, Magdalena se iba instintivamente separando de los riscos entre los cuales brotaba el manantial.

Ambas tenían sus ojos fijos, la una en el fondo de las aguas, la otra en el fondo del cielo.

Y exclamaba Magdalena mirando brillar los luceros en la altura:

—Esos son los nimbos de luz de los ángeles invisibles que nos custodian.

En tanto decía Marta, viendo temblar en la linfa de la fuente el reflejo de las estrellas:

—Esas son las partículas de oro que arrastra el agua en su misterioso curso.

El manantial y el viento, que por segunda vez habían enmudecido un instante, tornaron a hablar; y dijeron:

EL AGUA.- Remonta mi corriente, desnúdate del temor como de una vestidura grosera, y osa traspasar los umbrales de lo desconocido. Yo he adivinado que tu espíritu es de la esencia de los espíritus superiores. La envidia te habrá arrojado tal vez del cielo para revolcarte en el lodo de la miseria. Yo veo, sin embargo, en tu frente sombría un sello de altivez que te hace digna de nosotros, espíritus fuertes y libres... Ven, yo te voy a enseñar palabras mágicas de tal virtud, que al pronunciarlas se abrirán las rosas y te brindarán con los diamantes que están en su seno, como las perlas en las conchas que sacan del fondo del mar los pescadores. Ven, te daré tesoros para que vivas feliz; y más tarde, cuando se quiebre la cárcel que te aprisiona, tu espíritu se asimilará a los nuestros, que son espíritus humanos, y todos confundidos seremos la fuerza motora, el rayo vital de la creación, que circula como un fluido por sus arterias subterráneas.

EL VIENTO.- El agua lame la tierra y vive en el cieno: yo discurro por las regiones etéreas y vuelo en el espacio sin límites. Sigue los movimientos de tu corazón, deja que tu alma suba como la llama y las azules espirales del humo. ¡Desdichado el que, teniendo alas, desciende a las profundidades para buscar el oro, pudiendo remontarse a la altura para encontrar amor y sentimiento!

Vive oscura como la violeta, que yo te traeré en un beso fecundo el germen vivificante de otra flor hermana tuya, y rasgaré las nieblas para que no falte un rayo de sol que ilumine tu alegría. Vive oscura, vive ignorada, que cuando tu espíritu se desate, yo lo subiré a las regiones de la luz en una nube roja.

Callaron el viento y el agua, y apareció el gnomo.

El gnomo era como un hombrecillo transparente: una especie de enano de luz, semejante a un fuego fatuo, que se reía a carcajadas, sin ruido, y saltaba de peña en peña, y mareaba con su vertiginosa movilidad. Unas veces se sumergía en el agua y continuaba brillando en el fondo como una joya de mil colores; otras salía a la superficie y agitaba los pies y las manos, y sacudía la cabeza a un lado y a otro con una rapidez que tocaba en prodigio.

Marta vio al gnomo y le estuvo siguiendo con la vista extraviada en todas sus extravagantes evoluciones; y cuando el diabólico espíritu se lanzó al fin por entre las escabrosidades del Moncayo, como una llama que corre, agitando su cabellera de chispas, sintió una especie de atracción irresistible y siguió tras él con una carrera frenética.

—¡Magdalena! —decía en tanto el aire que se alejaba lentamente; y Magdalena, paso a paso y como una sonámbula, guiada en el sueño por una voz amiga, siguió tras la ráfaga, que iba suspirando por la llanura.

Después todo quedó otra vez en silencio en la oscura alameda, y el viento y el agua siguieron resonando con los murmullos y los rumores de siempre.

— IV —

Magdalena tornó al lugar pálida y llena de asombro. A Marta la esperaron en vano toda la noche.

Cuando llegó la tarde del otro día, las muchachas encontraron un cántaro roto al borde de la fuente de la alameda. Era el cántaro de Marta, de la cual nunca volvió a saberse. Desde entonces las muchachas del lugar van por agua tan temprano, que madrugan con el sol. Algunas me han asegurado que de noche se ha oído en más de una ocasión el llanto de Marta, cuyo espíritu vive aprisionado en la fuente. Yo no sé qué crédito dar a esta última parte de la historia, porque la verdad es que desde entonces ninguno se ha atrevido a penetrar para oírlo en la alameda después del toque del Ave María.

El rayo de luna

Yo no sé si esto es una historia que parece cuento o un cuento que parece historia; lo que puedo decir es que en su fondo hay una verdad, una verdad muy triste, de la que acaso yo seré uno de los últimos en aprovecharme, dadas mis condiciones de imaginación.

Otro, con esta idea, tal vez hubiera hecho un tomo de filosofía lacrimosa; yo he escrito esta leyenda, que a los demás que nada vean en su fondo al menos podrá entretenerles un rato.

—I—

Era noble, había nacido entre el estruendo de las armas, y el insólito clamor de una trompa de guerra no lo hubiera hecho levantar la cabeza un instante ni apartar sus ojos de un punto del oscuro pergamino en que leía la última cantiga de un trovador.

Los que quisieran encontrarle no le debían buscar en el anchuroso patio de su castillo, donde los palafreneros domaban los potros, los pajes enseñaban a volar a los halcones y los soldados se entretenían los días de reposo en afilar el hierro de su lanza contra una piedra.

—¿Dónde está Manrique, dónde está vuestro señor? —preguntaba algunas veces su madre.

—No sabemos —respondían sus servidores—; acaso estará en el claustro del monasterio de la Peña, sentado al borde de una tumba, prestando oído a ver si sorprende alguna palabra de la conversación de los muertos, o en el puente, mirando correr unas tras otras las olas del río por debajo de sus arcos; o acurrucado en la quiebra de una roca y entretenido en contar las estrellas del cielo, en seguir una nube con la vista o contemplar los fuegos fatuos que cruzan como exhalaciones sobre el haz de las lagunas. En cualquiera parte estará, menos en donde esté todo el mundo.

En efecto, Manrique amaba la soledad, y la amaba de tal modo, que algunas veces hubiera deseado no tener sombra, porque su sombra no le siguiese a todas partes.

Amaba la soledad, porque en su seno, dando rienda suelta a la imaginación, forjaba un mundo fantástico, habitado por extrañas creaciones, hijas de sus delirios y sus ensueños de poeta; porque Manrique era poeta, tanto, que nunca le habían satisfecho las formas en que pudiera encerrar sus pensamientos, y nunca los había encerrado al escribirlos.

Creía que entre las rojas ascuas del hogar habitaban espíritus de fuego de mil colores, que corrían como insectos de oro a lo largo de los troncos encendidos o danzaban en una luminosa ronda de chispas en la cúspide de las llamas, y se pasaba las horas muertas sentado en un escabel junto a la alta chimenea gótica, inmóvil y con los ojos fijos en la lumbre.

Creía que en el fondo de las ondas del río, entre los musgos de la fuente y sobre los vapores del lago vivían unas mujeres misteriosas, hadas, sílfides u ondinas, que exhalaban lamentos y suspiros o cantaban y se reían en el monótono rumor del agua, rumor que oía en silencio intentando traducirlo.

En las nubes, en el aire, en el fondo de los bosques, en las grietas de las peñas, imaginaba percibir formas o escuchar sonidos misteriosos, formas de seres sobrenaturales, palabras ininteligibles que no podía comprender.

¡Amar! Había nacido para soñar el amor, no para sentirlo. Amaba a todas las mujeres un instante: a esta porque era rubia, a aquella porque tenía los labios rojos, a la otra porque se cimbreaba, al andar, como un junco.

Algunas veces llegaba su delirio hasta el punto de quedarse una noche entera mirando a la luna, que flotaba en el cielo entre un vapor de plata, o a las estrellas, que temblaban a lo lejos como los cambiantes de las piedras preciosas. En aquellas largas noches de poético insomnio, exclamaba:

—Si es verdad, como el prior de la Peña me ha dicho, que es posible que esos puntos de luz sean mundos; si es verdad que en ese globo de nácar que rueda sobre las nubes habitan gentes, ¡qué mujeres tan hermosas serán las mujeres de esas regiones luminosas, y yo no podré verlas, y yo no podré amarlas!... ¿Cómo será su hermosura?... ¿Cómo será su amor?

Manrique no estaba aún lo bastante loco para que le siguiesen los muchachos, pero sí lo suficiente para hablar y gesticular a solas, que es por donde se empieza.

— II —

Sobre el Duero, que pasaba lamiendo las carcomidas y oscuras piedras de las murallas de Soria, hay un puente que conduce de la ciudad al antiguo convento de los templarios, cuyas posesiones se extendían a lo largo de la opuesta margen del río.

En la época a que nos referimos, los caballeros de la Orden habían ya abandonado sus históricas fortalezas; pero aún quedaban en pie los restos de los anchos torreones de sus muros; aún se veían, como en parte se ven hoy, cubiertos de hiedra y campanillas blancas, los macizos arcos de su claustro, las prolongadas galerías ojivales de sus patios de armas, en las que suspiraba el viento con un gemido, agitando las altas hierbas.

En los huertos y en los jardines, cuyos senderos no hollaban hacía muchos años las plantas de los religiosos, la vegetación, abandonada a sí misma, desplegaba todas sus galas, sin temor de que la mano del hombre la mutilase, creyendo embellecerla. Las plantas trepadoras subían encaramándose por los añosos troncos de los árboles; las sombrías calles de álamos, cuyas copas se tocaban y se confundían entre sí, se habían cubierto de césped; los cardos silvestres y las ortigas brotaban en medio de los enarenados caminos, y en dos trozos de fábrica, próximos a desplomarse, el jaramago, flotando al viento como el penacho de una cimera, y las campanillas blancas y azules, balanceándose como en un columpio sobre sus largos y flexibles tallos, pregonaban la victoria de la destrucción y la ruina.

Era de noche; una noche de verano, templada, llena de perfumes y de rumores apacibles, y con una luna blanca y serena en mitad de un cielo azul, luminoso y transparente.

Manrique, presa su imaginación de un vértigo de poesía, después de atravesar el puente, desde donde contempló un momento la negra silueta de la ciudad, que se destacaba sobre el fondo de algunas nubes blanquecinas y ligeras arrolladas en el horizonte, se internó en las desiertas ruinas de los templarios.

La medianoche tocaba a su punto. La luna, que se había ido remontando lentamente, estaba ya en lo más alto del cielo, cuando, al entrar en una oscura alameda que conducía desde el derruido claustro a la margen del Duero, Manrique exhaló un grito leve, ahogado, mezcla extraña de sorpresa, de temor y de júbilo.

En el fondo de la sombría alameda había visto agitarse una cosa blanca, que flotó un momento y desapareció en la oscuridad. La orla del traje de una mujer, de una mujer que había cruzado el sendero y se ocultaba entre el follaje, en el mismo instante en que el loco soñador de quimeras o imposibles penetraba en los jardines.

— III —

Llegó al punto en que había visto perderse entre la espesura de las ramas a la mujer misteriosa. Había desaparecido. ¿Por dónde? Allá lejos creyó divisar, por entre los cruzados troncos de los árboles, como una claridad o una forma blanca que se movía.

—¡Es ella, es ella, que lleva alas en los pies y huye como una sombra! —dijo; y se precipitó en su busca, separando con las manos las redes de hiedra que se extendían como un tapiz de unos en otros álamos. Llegó rompiendo por entre la maleza y las plantas parásitas hasta una especie de rellano que iluminaba la claridad del cielo... ¡Nadie! —¡Ah, por aquí, por aquí va! —exclamó entonces—. Oigo sus pisadas sobre las hojas secas, y el crujido de su traje, que arrastra por el suelo y roza en los arbustos —y corría, y corría como un loco de aquí para allá, y no la veía—. Pero siguen sonando sus pisadas —murmuró otra vez—; creo que ha hablado; no hay duda, ha hablado... El viento que suspira entre las ramas; las hojas, que parece que rezan en voz baja, me han impedido oír lo que ha dicho; pero no hay duda, va por ahí, ha hablado…, ha hablado… ¿En qué idioma? No sé, pero es una lengua extranjera…

Y tornó a correr en su seguimiento, unas veces creyendo verla, otras pensando oírla; ya notando que las ramas por entre las cuales había desaparecido se movían; ya imaginando distinguir en la arena la huella de sus breves pies; luego, firmemente persuadido de que un perfume especial que aspiraba a intervalos era un aroma perteneciente a aquella mujer que se burlaba de él, complaciéndose en huirle por entre aquellas intrincadas malezas. ¡Afán inútil!

Vagó algunas horas de un lado a otro fuera de sí, ya parándose para escuchar, ya deslizándose con las mayores precauciones sobre la hierba, ya en una carrera frenética y desesperada.

Avanzando, avanzando por entre los inmensos jardines que bordaban la margen del río, llegó al fin al pie de las rocas sobre que se eleva la ermita de San Saturio.

—Tal vez desde esta altura podré orientarme para seguir mis pesquisas a través de ese confuso laberinto —exclamó trepando de peña en peña con la ayuda de su daga.

Llegó a la cima, desde la que se descubre la ciudad en lontananza y una gran parte del Duero que se retuerce a sus pies, arrastrando una corriente impetuosa y oscura por entre las corvas márgenes que lo encarcelan.

Manrique, una vez en lo alto de las rocas, tendió la vista a su alrededor; pero al tenderla y fijarla al cabo en un punto, no pudo contener una blasfemia.

La luz de la luna rielaba chispeando en la estela que dejaba en pos de sí una barca que se dirigía a todo remo a la orilla opuesta.

En aquella barca había creído distinguir una forma blanca y esbelta, una mujer, sin duda la mujer que había visto en los templarios, la mujer de sus sueños, la realización de sus más locas esperanzas. Se descolgó de las peñas con la agilidad de un gamo, arrojó al suelo la gorra, cuya redonda y larga pluma podía embarazarle para correr, y desnudándose del ancho capotillo de terciopelo, partió como una exhalación hacia el puente.

Pensaba atravesarlo y llegar a la ciudad antes que la barca tocase en la otra orilla. ¡Locura! Cuando Manrique llegó jadeante y cubierto de sudor, a la entrada, ya los que habían atravesado el Duero por la parte de San Saturio, entraban en Soria por una de las puertas del muro, que en aquel tiempo llegaba hasta la margen del río, en cuyas aguas se retrataban sus pardas almenas.

— IV —

Aunque desvanecida su esperanza de alcanzar a los que habían entrado por el postigo de San Saturio, no por eso nuestro héroe perdió la de saber la casa que en la ciudad podía albergarlos. Fija en su mente esta idea, penetró en la población, y dirigiéndose hacia el barrio de San Juan, comenzó a vagar por sus calles a la ventura.

Las calles de Soria eran entonces, y lo son todavía, estrechas, oscuras y tortuosas. Un silencio profundo reinaba en ellas, silencio que solo interrumpían ora el lejano ladrido de un perro, ora el rumor de una puerta al cerrarse, ora el relincho de un corcel que, piafando, hacía sonar la cadena que le sujetaba al pesebre en las subterráneas caballerizas.

Manrique, con el oído atento a estos rumores de la noche, que unas veces le parecían los pasos de alguna persona que había doblado ya la última esquina de un callejón desierto; otras, voces confusas de gentes que hablaban a sus espaldas y que a cada momento esperaba ver a su lado, anduvo algunas horas corriendo al azar de un sitio a otro.

Por último, se detuvo al pie de un caserón de piedra, oscuro y antiquísimo, y al detenerse brillaron sus ojos con una indescriptible expresión de alegría. En una de las altas ventanas ojivales de aquel que pudiéramos llamar palacio se veía un rayo de luz templada y suave que, pasando a través de unas ligeras colgaduras de seda color de rosa, se reflejaba en el negruzco y grieteado paredón de la casa de enfrente.

—No cabe duda; aquí vive mi desconocida —murmuró el joven en voz baja sin apartar un punto sus ojos de la ventana gótica—, aquí vive. Ella entró por el postigo de San Saturio...; por el postigo de San Saturio se viene a este barrio...; en este barrio hay una casa donde, pasada la medianoche, aún hay gente en vela... ¿En vela? ¿Quién sino ella, que vuelve de sus nocturnas excursiones, puede estarlo a estas horas?... No hay más; esta es su casa.

En esta firme persuasión, y revolviendo en su cabeza las más locas y fantásticas imaginaciones, esperó el alba frente a la ventana gótica, de la que en toda la noche no faltó la luz, ni él separó la vista un momento.

Cuando llegó el día, las macizas puertas del arco que daba entrada al caserón, y sobre cuya clave se veían esculpidos los blasones de su dueño, giraron pesadamente sobre los goznes, con un chirrido prolongado y agudo. Un escudero reapareció en el dintel con un manojo de llaves en la mano, restregándose los ojos y enseñando al bostezar una caja de dientes capaces de dar envidia a un cocodrilo.

Verle Manrique y lanzarse a la puerta todo fue obra de un instante.

—¿Quién habita en esta casa? ¿Cómo se llama ella? ¿De dónde es? ¿A qué ha venido a Soria? ¿Tiene esposo? Responde, responde, animal.

Esta fue la salutación que, sacudiéndole el brazo violentamente, dirigió al pobre escudero, el cual, después de mirarle un buen espacio de tiempo con ojos espantados y estúpidos, le contestó con voz entrecortada por la sorpresa:

—En esta casa vive el muy honrado señor D. Alonso de Valdecuellos, montero mayor de nuestro señor el rey, que, herido en la guerra contra moros, se encuentra en esta ciudad reponiéndose de sus fatigas.

—¿Pero y su hija? —interrumpió el joven, impaciente—. ¿Y su hija, o su hermana, o su esposa, o lo que sea?

—No tiene ninguna mujer consigo.

—¡No tiene ninguna!... ¿Pues quién duerme allí en aquel aposento, donde toda la noche he visto arder una luz?

—¿Allí? Allí duerme mi señor D. Alonso, que, como se halla enfermo, mantiene encendida su lámpara hasta que amanece.

Un rayo cayendo de improviso a sus pies no le hubiera causado más asombro que el que le causaron estas palabras.

— V —

—Yo la he de encontrar, la he de encontrar; y si la encuentro, estoy casi seguro de que he de conocerla... ¿En qué?... Eso es lo que no podré decir..., pero he de conocerla. El eco de sus pisadas o una sola palabra suya que vuelva a oír; un extremo de su traje, un solo extremo que vuelva a ver me bastarán para conseguirlo. Noche y día estoy mirando flotar delante de mis ojos aquellos pliegues de una tela diáfana y blanquísima; noche y día me están sonando aquí dentro, dentro de la cabeza, el crujido de su traje, el confuso rumor de sus ininteligibles palabras... ¿Qué dijo?... ¿Qué dijo? ¡Ah!, si yo pudiera saber lo que dijo, acaso...; pero, aún sin saberlo, la encontraré..., la encontraré; me lo da el corazón, y mi corazón no me engaña nunca. Verdad es que ya he recorrido inútilmente todas las calles de Soria; que he pasado noches y noches al sereno, hecho poste de una esquina; que he gastado más de veinte doblas en oro en hacer charlar a dueñas y escuderos; que he dado agua bendita en San Nicolás a una vieja, arrebujada con tal arte en su manto de anascote, que se me figuró una deidad;

y al salir de la Colegiata una noche de maitines he seguido como un tonto la litera del arcediano, creyendo que el extremo de sus hopalandas era el del traje de mi desconocida; pero no importa...; yo la he de encontrar, y la gloria de poseerla excederá seguramente al trabajo de buscarla.

¿Cómo serán sus ojos?... Deben de ser azules, azules y húmedos como el cielo de la noche; me gustan tanto los ojos de ese color; son tan expresivos, tan melancólicos, tan... Sí..., no hay duda; azules deben de ser; azules son, seguramente, y sus cabellos, negros, muy negros y largos para que floten... Me parece que los vi flotar aquella noche, al par que su traje, y eran negros...; no me engaño, no; eran negros.

¡Y qué bien sientan unos ojos azules, muy rasgados y adormidos, y una cabellera suelta, flotando y oscura, a una mujer alta...; porque... ella es alta, alta y esbelta, como esos ángeles de las portadas de nuestras basílicas, cuyos ovalados rostros envuelven en un misterioso crepúsculo las sombras de sus doseles de granito!

¡Su voz!... Su voz la he oído... su voz es suave como el rumor del viento en las hojas de los álamos, y su andar, acompasado y majestuoso como las cadencias de una música.

Y esa mujer, que es hermosa como el más hermoso de mis sueños de adolescente, que piensa como yo pienso, que gusta como yo gusto, que odia lo que yo odio, que es un espíritu hermano de mi espíritu, que es el complemento de mi ser, ¿no se ha de sentir conmovida al encontrarme? ¿No me ha de amar como yo la amaré, como yo la amo ya, con todas las fuerzas de mi vida, con todas las facultades de mi alma?

Vamos, vamos al sitio donde la vi la primera y única vez que la he visto... ¿Quién sabe si, caprichosa como yo, amiga de la soledad y el misterio, como todas las almas soñadoras, se complace en vagar por entre las ruinas, en el silencio de la noche?

Dos meses habían transcurrido desde que el escudero de D. Alonso de Valdecuellos desengañó al iluso Manrique; dos meses, durante los cuales en cada hora había formado un castillo en el aire, que la realidad desvanecía con un soplo; dos meses, durante los cuales había buscado en vano a aquella mujer desconocida, cuyo absurdo amor iba creciendo en su alma, merced a sus aún más absurdas imaginaciones, cuando, después de atravesar, absorto en estas ideas, el puente que conduce a los templarios, el enamorado joven se perdió entre las intrincadas sendas de sus jardines.

— VI —

La noche estaba serena y hermosa; la luna brillaba en toda su plenitud en lo más alto del cielo, y el viento suspiraba con un rumor dulcísimo entre las hojas de los árboles.

Manrique llegó al claustro, tendió la vista por su recinto y miró a través de las macizas columnas de sus arcadas... Estaba desierto.

Salió de él, encaminó sus pasos hacia la oscura alameda que conduce al Duero, y aún no había penetrado en ella, cuando de sus labios se escapó un grito de júbilo.

Había visto flotar un instante, y desaparecer, el extremo del traje blanco, del traje blanco de la mujer de sus sueños, de la mujer que ya amaba como un loco.

Corre, corre en su busca, llega al sitio en que la ha visto desaparecer; pero al llegar se detiene, fija los espantados ojos en el suelo, permanece un rato inmóvil; un ligero temblor nervioso agita sus miembros; un temblor que va creciendo, que va creciendo, y ofrece los síntomas de una verdadera convulsión, y prorrumpe, al fin, en una carcajada sonora, estridente, horrible.

Aquella cosa blanca, ligera, flotante, había vuelto a brillar ante sus ojos, pero había brillado a sus pies un instante, no más que un instante.

Era un rayo de luna, un rayo de luna que penetraba a intervalos por entre la verde bóveda de los árboles cuando el viento movía sus ramas.

Habían pasado algunos años. Manrique, sentado en un sitial junto a la alta chimenea gótica de su castillo, inmóvil casi y con una mirada vaga e inquieta como la de un idiota, apenas prestaba atención ni a las caricias de su madre ni a los consuelos de sus servidores.

—Tú eres joven, tú eres hermoso —le decía aquella—; ¿por qué te consumes en la soledad? ¿Por qué no buscas una mujer a quien ames, y que, amándote, pueda hacerte feliz?

—¡El amor!... El amor es un rayo de luna —murmuraba el joven.

—¿Por qué no despertáis de ese letargo? —le decía uno de sus escuderos—; os vestís de hierro de pies a cabeza, mandáis desplegar al aire vuestro pendón de ricohombre, y marchamos a la guerra; en la guerra se encuentra la gloria.

—¡La gloria!... La gloria es un rayo de luna.

—¿Queréis que os diga una cantiga, la última que ha compuesto mosén Arnaldo, el trovador provenzal?

—¡No! ¡No! —exclamó el joven incorporándose, colérico, en su sitial—. No quiero nada...; es decir, sí quiero...: quiero que me dejéis solo... Cantigas..., mujeres..., glorias..., felicidad..., mentiras todo, fantasmas vanos que formamos en nuestra imaginación y vestimos a nuestro antojo, y los amamos y corremos tras ellos. ¿Para qué? ¿Para qué? Para encontrar un rayo de luna.

Manrique estaba loco; por lo menos, todo el mundo lo creía así. A mí, por el contrario, se me figuraba que lo que había hecho era recuperar el juicio.